法苑漫笔

漳县法院干警作品集
（第二辑）

漳县人民法院 编

敦煌文艺出版社

图书在版编目（ＣＩＰ）数据

法苑漫笔：漳县法院干警作品集．第二辑 / 漳县人民法院编．-- 兰州：敦煌文艺出版社，2023.8
ISBN 978-7-5468-2408-6

Ⅰ．①法… Ⅱ．①漳… Ⅲ．①中国文学－当代文学－作品综合集 Ⅳ．① I217.1

中国国家版本馆CIP 数据核字（2023）第 129658 号

法苑漫笔——漳县法院干警作品集（第二辑）

漳县人民法院　编

责任编辑：侯君莉
装帧设计：石　璞

敦煌文艺出版社出版、发行
地址：（730030）兰州市城关区曹家巷 1 号新闻出版大厦 23 楼
邮箱：dunhuangwenyi1958@126.com
0931-2131552（编辑部）　　0931-2131387（发行部）

甘肃海通印务有限责任公司印刷
开本 710 毫米×1020 毫米　1/16　印张 16.75　插页 10　字数 260 千
2023 年 9 月第 1 版　　2023 年 9 月第 1 次印刷
印数：1~1000 册

ISBN 978-7-5468-2408-6
定价：65.00 元

【集体荣誉】

2002 年 10 月，被中央精神文明建设指导委员会评为先进单位

2015 年 1 月，被最高人民法院评为全国优秀法院

2016 年 1 月，被最高人民法院、人力资源和社会保障部评为全国模范法院

2019 年 11 月，被中华全国妇女联合会授予全国维护妇女儿童权益先进集体荣誉称号

1994 年 12 月，被中共甘肃省委、甘肃省人民政府评为省级文明单位

2015 年 11 月，被甘肃省高级人民法院评为全省法院人民陪审员工作先进集体

2019 年 1 月，被甘肃省爱国卫生运动委员会评为甘肃省卫生单位

2022 年 4 月，被平安甘肃建设领导小组办公室、甘肃省人力资源和社会保障厅评为 2017—2020 年度平安建设先进集体

2012 年 12 月，被甘肃省高级人民法院评为全省优秀法院

2014 年 9 月，被甘肃省高级人民法院评为全省优秀法院

2018 年 11 月，被甘肃省高级人民法院评为全省优秀法院

2023 年 5 月，被甘肃省高级人民法院、甘肃省人力资源和社会保障厅评为全省优秀法院

【领导关怀】

2014年,省委常委、政法委书记泽巴足调研指导工作

2013年,省法院党组书记、院长梁明远调研指导工作

2021年,省政协提案委员会副主任、原省法院副院长张萍调研指导工作

2014年,省法院副院长马驰调研指导工作

2016年,市中院党组书记、院长龚昌明调研指导工作

2015 年，全国人大代表视察人民陪审员工作

2022 年，青岛市中级人民法院党组书记、院长李方民对接推进东西部协作工作

2017 年，市中院党组书记、院长李景辉调研指导工作

2020 年，市中院党组书记、院长李小宁调研指导工作

【往届班子成员】

2011 年

2014 年

2018 年

【班子成员】

2021 年，县四大家领导与院班子成员合影

2023 年，班子成员

2023 年，审委会委员

【工作掠影】

旅游巡回法庭揭牌

共享法庭揭牌

送法进企业

接受锦旗

法庭公众开放日

国旗护卫队

支部共建

讲红色故事

帮扶助春耕

主题党日

红色教育

支部换届

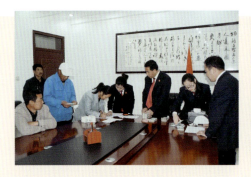

兑现农民工工资

庭审现场

巡回审判

执行现场

执行路上

化解游客纷争

迎新春联欢会

盛夏清风原创诗文朗诵会

知识竞赛

普法宣传

拓展训练

崇法尚德
务实精进
公正廉洁
卓越一流

沛县人民法院院训
时甲午之秋子华

崇法尚德
务实精进
公正廉洁
卓越一流

崇法尚德是精神状态
务实精进是工作之风
公正廉洁是核心要求
卓越一流是奋斗目标

敬录院训

二零一四年春 宋永祥

崇法
尚德
务实
精进
公正
廉洁
卓越
一流

沛县人民法院院训
甲午之秋月 何超

崇法尚德
务实精进
公正廉洁
卓越一流

崇法尚德
务实精进
公正廉洁
卓越一流

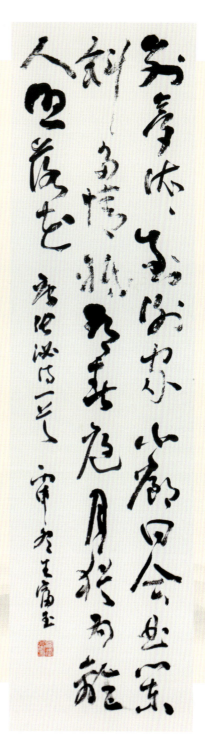

李永录书法作品　　　　　王富玉书法作品

夏田影韵　张翔 摄

　　为法院干警作品作序，是一件很高兴的事情。我乐见更多的法院、更多的干警著书立说。

　　习近平总书记指出，"文化是民族的精神命脉""文化是重要力量源泉"。一个民族，因为文化，精神不倒；一个时代，因为文化，健康发展；法治建设，因为文化，步入有序。漳县法院作为全国精神文明建设先进单位、全国模范法院、全国优秀法院、全国维护妇女儿童权益先进集体、全省优秀法院，认真贯彻落实省高院"七院建设"中"文化育院"的工作要求，在文化建设方面进行了许多有益探索，多次举办诵读、文艺演出等活动，多名干警是中国散文学会和省市作家、书法家及摄影家协会会员，取得了一定成绩。

　　值《法韵——漳县法院干警作品集（第一辑）》首发 10 周年之际，漳县法院结集出版《法苑漫笔——漳县法院干警作品集（第二辑）》，这为我们进一步加强法院文化建设有较强的引领作用和示范意义。一是构筑一个平台，提升了文化建设高度。该书选取了部分调研成果和文学艺术作品，对新时代法院建设的成果进行了总结，以润物细无声的方式和滴水穿石的力量，对法院干警的思想、道德修养发挥潜移默化的教育作用。二是开辟一片园地，拓展了文化建设深度。该书所有作品均出自法院干警之手，涉及老、中、青三代法官，覆盖全院各个部门，其中既有法官的工作感悟，也有生活五味、家庭趣事、旅游所见，更有法院干警日常摸索形成的尚未制度化的工作理念和交流方式，展示了法院人的精神风貌。三是建一座桥梁，凝聚了文化建设厚度。该书从干警的视角出发，既体现了法院干警追求公平正义的价值取向，又蕴含着丰富的人文情怀，折射出法院干警的思想宽度、理性深度和灵魂高度。书中文章、书法与摄影作品如花绽放，展示出法院干警的精神面貌、诗情画意和思想感悟，以群众喜闻乐见的形式助推法院文化传播，让社会各界重新认识漳县法院、重新了解法院人！

文以载道，文以化人。有多少个秉性各异的作者，就会有多少个不一样的世界，这是文化的魅力所在。愿大家在《法苑漫笔——漳县法院干警作品集（第二辑）》这些杰出的作品里，发现一个在我们经验之外的不同世界，并借此得以走出自我，拓展人生的风景。撷天地之英，书律法之章，以文字为钥，打开法院另一扇大门，借方寸之间，展示法官不一样的风采。

硕果金秋，你我共鉴！

李小宁

2023 年 9 月 13 日

目 录

散文编

003　张胜利
007　李永录
029　冯　毅
036　漆　侠
042　王　群
046　窦学真
062　张　翔
068　左星敏
070　漆金霞
072　何岩柯
076　郭吉祥

小说编

081　窦学真

099　汪青阳

104　武小霞

106　张　翔

111　何岩柯

诗歌编

121　李永录

123　冯　毅

144　王富玉

155　漆　明

170　王　群

192　张　翔

论文编

205　任玉林

220　陈远征　黄露露

231　冯　毅

244　黄露露

254　王续霞　赵建中

法苑漫笔——漳县法院干警作品集（第二辑）

散文

编

张胜利

　　1972 年生人，甘肃通渭县人，漳县人民法院党组书记、院长、审判委员会委员、三级高级法官。作品《浅议新形势下人民法院思想政治工作》获全省法院征文二等奖；《审理案件中司法救助情况分析》获全省法院优秀司法统计分析三等奖，并编入甘肃省高级人民法院《审判理论与实践》（第一卷第三辑）；《司法公正与建设平安定西》获中共定西市委政法委、定西市综治委、定西市平安建设领导小组组织的建设平安定西征文活动优秀论文奖；《审执并重才能确保司法公正——司法和谐理念下纠纷解决机制新思索》在全省法院论文征文中获三等奖；《从通渭县法院马营调解模式探析法院调解模式》获定西市法院系统调解工作理论研讨会征文二等奖，并在甘肃平安网上特稿版刊登；《法院调解中公平和正义的实现》获甘肃省综治办、"甘肃平安网"编委会征文三等奖；《用忠诚谱写人民法官正义之声》获甘肃省委政法委、甘肃法制报征文二等奖；《浅谈内设机构改革后基层人民法院司法行政部门职数配备及工作开展困局》获全省法院调研报告优秀奖。

太极和调解

　　太极乃阴阳之道，是哲学概念。在太极运化中，能够领悟到其与调解工作的异工同曲之妙。一次成功的调解中，蕴含了社会学、心理学、法律学等各种学科领域的知识和艺术技能。

　　司法调解中，不能只讲法律关系，而应该让法律充分体现人性化和理性化。这就要求在情与法的原则下加强调解。调解工作要掌握好各方当事人的心理变化，即掌握好火候问题，火候到了，就要当即立断，作出处理结果，达到案结事了。太极运化中，发力点就是圆的轨迹运动中的切点，这也是最佳着力点。调解就是掌握矛盾纠纷的阴阳变化，像太极运化中的粘连黏随，不丢不顶，进退有度，达到知己知彼。近则毫发之间无碍，远则发人于丈外，攻守皆自如。

当然，成功的调解也要符合阴阳太极中"四两拨千斤"之奥妙，即掌握好事态发展的轻重缓急。有些案子必须热处理，而有些案子接手后必须等一等，不断酝酿，等待时机，也就是等待火候，火候到了就要及时处理，否则机会即失。此即事物运化之盛衰变化规律。

在调解工作中，要做到不温不火、不卑不亢，充分掌握调解的心理艺术，并用超人的口才表现出来，一方面解决了当事人的矛盾纠纷，另一方面使当事人获得一次受法制教育的机会，充分体现自我的人生价值和工作魅力。这样，既表现出法官的睿智和热情大方，但又丝毫不失严肃、庄重，体现司法权威和尊严。

小调解大和谐。我们的生活中有阴阳，工作中亦有阴阳。大千世界，变化万端，但皆应合乎阴阳之理，调解亦然。这样，我们才会更好地走科学发展之大道。

理性逻辑修养

识字就能认识法条，小学可做到，然认识法条就能读懂法律？未必！法学是一门逻辑性很强的学科，非仅识文断字那么简单。

通过公务员考试跻身公务员队伍，成为干部就是高素质？不然！高分低能者比比皆是。那么，通过司考后成律师抑或法官、检察官，是否就意味着成"官"成"专家"？这样的"官""专家"能力、水平能否和答题考试成绩成正比？其实，取得资格，只是争取到一个健康成长、很好发展的平台。不遵循自然规律，急于求成、拔苗助长、"快速成才"则会贻害无穷。目前，我们充其量还处于"半成品"阶段，与真正的"官""专家"还有很大差距，日后能否真正成栋梁之才，变数很大，有很长的路要走，关键看其能否很好地把握和珍惜，能否潜心向学、谦恭待人做事。个别自谦自省自立自强者，修身养性，能向长者学，甚至能向不如己者学，他们相信"三人行必有我师焉"，在实践中成长为高素质职业化、专家型法律人才。然些许刚愎自用、自以为是者便以"官""专家"自居，学不求深，业不求精，不尊老，不敬师，眼高手低……在顺境中不愿吃苦，瞧不起别人，更有甚者，视老成有为者为"弱智""傻瓜"！听不得善意提醒和有益的建议，教条式工作，机械式办事，纸上谈兵，说起来滔滔不绝似这么回事，然实干起来并非这么回事，实践能力和水平都大打折扣。

也有品学兼优者，吃苦耐劳，任劳任怨，为他人负责，为组织负责，为社会负责，崇德尚法，明礼至公。也许他或他们在生活和工作中会受到诽谤或排挤，也许会受很多委曲，但我还有我们非常理解其行其性。"天将降大任于斯人也，必先苦其心志，劳其筋骨……" 有人在潇洒闲逸中颓废，而你在勤劳奋进中茁壮成长。孔曰成仁，孟曰取义。读圣贤书，行侠义事，清浊自见，公理自明。支持你，做一个坚强的人，做一个正义的人，做一个谦虚进取的人。相信你的智慧和坚持将成就你的胜利伟业！

请谦虚谨慎，莫把自己当"官"，因为权力即责任，不同岗位，意味着承担不同的责任；请尊师敬老，不要自封"专家"，因为艺无止境，寸有所长，尺有所短。我们应开拓进取，客观公正做事；我们应爱国敬业，诚信友善待人。

他日交心叙情，见事伤怀，今自娱心身，题赠慰友，并以此明志，与君共勉！

李永录

　　1965 年生人，甘肃漳县人，漳县人民法院党组副书记、审判委员会委员、三级高级法官。近年喜好书法和散文创作，有作品散见于《法刊》《中国散文网》《最高人民法院网》。

养兰，做兰一样的人

　　兰花风姿素雅，花容端庄，清香幽远，被誉为花中君子，有王者之香的美称。对于兰花，中国人有着根深蒂固的民族感情和性格认同。养兰，赏兰，也成为我工作闲暇之余的爱好，学做有兰一样品性的人已成为我的人生追求和价值取向。

　　我曾怀揣对法的梦想和期待，习法四年。几经周折，终于又从事了与法结缘、执掌法律天平的工作。多年来，从春到秋，从夏至冬，日复一日，年复一年，和同事们一起重复着化解纠纷、定纷止争的烦琐而又复杂的审判活动。通过一个个案例诠释着法的理性和精神，将生冷繁多的法律词语结合不同的案情演绎成通俗易懂、饱含深情跃然灵动的白纸黑字，力求让每一个案件的当事人都能感受到法律的尊严和公平正义。由此在平凡的司法实践中结缘相识了这个特殊群体中一个又一个坚持公平正义、坚守法律底线、维系道德伦理、心性纯正、品行高洁的像兰一样的人。他们不计得失，不顾荣辱，不畏权势，默默无闻地奋战在司法第一线，奉献青春，奉献生命，维护着万户千家的安宁祥和、社会的有序稳定，在他们的身上体现了兰的孤芳、高洁和幽香。

癸巳年，仲冬月下旬，幸有机会去省城，不忘顺便去逛花市。在花市大厅满眼的碧绿和嫣红中突然有一盆兰花吸引了我的眼球，让我怦然心动。紫色的六边花盆，盆沿外突，六边成等边曲线，二边相交，周边成六个规则有致的锐角。盆体上刻有梅、兰、竹、菊图案，题有"柳色和烟入酒中"与"百般神采伴春华"的诗句。盆面上铺了一层玉白圆润的紫金石，上有七八苗兰草抱团成簇，兰叶斜立，筋骨分明，翠绿挺拔，错落有致，向周边尽情地舒展伸张，俊朗飘逸，娉婷婀娜，灵动中洋溢着秀气，妩媚中绽放着傲气。四枝花莛已然出架，长了许多幼蕾，精致硬朗。喜爱之余，与赏花人爽然成交，抱回侍养。

养兰的日子里，每一个早晨上班，只要一打开办公室的门，随身而入的清风都会摇曳着兰叶微微晃动，神采奕奕，朝气蓬勃。透过窗棂惬意可人的冬日暖阳，轻轻洒满房间，温柔地轻抚兰花柔曼的身姿。兰叶格外的嫩绿，与对面山上傲雪的松柏遥相呼应，使人顿觉心旷神怡、神清气爽。看着一串串兰梗上相依而生的幼蕾长成的小排铃，我特别期待花开飘香，也格外勤快用心。每个星期一的早上，按时按点地沿着盆边一点点地浇灌放晒了数天的清水，并用喷壶每天给兰叶喷淋，以免缺水造成叶尖变干发黑。为了增加房间湿度，一有空闲，我会一遍又一遍地拖湿地面，给兰花创造温暖湿润适宜生长的空间环境。一天又一天，花蕾慢慢地长大，逐渐地肥硕，由青绿变成嫩黄，我的心中充满了欣喜和无限期待。一天早上上班，开门看到原来蕾尖一律朝上的大排铃，圆硕嫩黄的花蕾忽然整齐划一地转莛了，原来直立向上的花蕾依次有序地左右横出朝前，远看如螺旋般绕生在花梗上。这次华丽的转身，让人倍感新奇，兴奋不已！犹如破茧而出的蝶，实现了一生荣耀成功的蜕变！花蕾一天比一天更圆实胖硕了，颜色也比以前更黄了。这样过了三四天，紧裹在一起的花瓣从中间散开了，露出了鲜黄的内瓣，而内外瓣尖还紧紧地粘贴在一起，长成了美丽的"凤眼"。花梗与花柄形成的外钝角处渗出的"兰膏"，也叫"命露"，细圆晶莹，圆润透亮，煞是珍贵。当我还沉浸在对兰的这数次嬗变惊异和思索时，下午上班时又看到兰花黄绿色的外三瓣已绽开了，主瓣向上高高挺立，两个副瓣微微下垂，黄色的捧瓣左右分开，匀称而又恰到好处地穿插在外三瓣形成的左右两个夹角处，佑护着可爱的柱蕊和美丽的唇瓣绽放，房间充盈着兰花馥郁清香的味道！瓣形如竹叶，包括柱蕊、唇瓣都无一点杂色。哦，原来是一盆竹叶素惠兰！

在随后四株兰花从下到上次第绽放的一月之余，欣赏着飘逸俊芳、绰约多姿的兰叶，高洁淡雅、神韵兼备的花朵，纯正幽远、沁人肺腑的花香，真有一种惠风和畅、心旷神怡的感觉，使人顿觉心胸开阔、思绪开朗。由此忽然觉得平时工作中所受的一切委屈不公，与维护法的尊严和形象、提升法院公信度等大是大非相比根本不值得一提，不值得计较。兰的高雅洒脱让人的心灵境界得到升华！

兰在成长，依然用它绽放的美丽和精彩感化我的心情，陶冶我的性情。是啊，做人该当如兰！我思慕兰之"微笑向暖，安之若素"，要以平常心态做明媚阳光的人；我敬慕兰之"叶立含正气，花研不浮花"，要心存正气，不慕虚荣；我更敬重兰之"神姿天然""细叶凌霜""不将颜色媚春阳"，要内心释然，不趋炎附势，做操守端正、不媚权贵的人；我亦倾慕兰之"西风寒露深林下，任是无人也自芳"，要内心宁静，淡泊明志，做慎独自律的人。

养兰，本该"真珠落袖沾余馥"，做人，我愿"异香馥林塘"，用自己的辛劳付出换得他人的安乐、社会的祥和。

童年，那些酸涩拘谨的年味

辞旧迎新的爆竹声响，姹紫嫣红的烟花妖娆，轻歌曼舞的春晚直播，温馨舒畅的除夕氛围，还有窗外轻灵飘逸的诗意绒雪，氤氲温润了又一个除夕。今夜，轻轻翻过心中刻满年轮蹒跚痕迹的旧日历，和着岁月阑珊的脚步，待午夜的钟声敲响，我将迎来又一个似水流年，时光的刻刀又会把沧桑的生活况味，和深深浅浅的人生阅历雕刻进我额头的皱纹。经历过的喜乐忧伤和生活得失，都会沉淀定格在心里，闲暇时咀嚼回味，喂养时日，滋润情怀。抚今追昔，回首曾经尝过的酸涩拘谨的年味，我额手称庆欣逢太平，经由盛世，安享华年，心中油然滋生倍加珍惜当下幸福生活的感念和情怀。

曾经，我和许多过来的同龄人一样，别无选择地经历了那段风雨如磐的年代。那是个特殊的历史时期，以穷为荣耀，以成分论贵贱……时代的烙印已被深深地镌刻进童年不灭的记忆里，就连传统的年味也是颇感酸涩拘谨的，充满忧虑和不安。

在我小时候的记忆中，物质是贫乏的，只有过年才难得享受一下不可多得的惬意和幸福，才能更多地体会一下团聚的亲情。除夕晚上放一挂鞭炮，吃过长面，啃一回大骨头，穿上新衣，就算是开始过年了。其实，那时过年最大的愿望，就是盼着阴冷的天空早点暗下来，厚实的夜幕将灰色的山峦和沉寂的村庄严严实实地包裹起来，这样就可以围坐在爷爷身旁好奇地听留声机唱歌了。

那一年的除夕夜，吃过年夜饭，等天色完全黑下来，住在四合院的几个堂兄弟，都会不约而同地去爷爷住的厅房。厅房北面靠墙的长桌上摆着香案，镂刻精致的木座灯壁玻璃框里，按辈分顺序从上到下贴着近几辈先人的黑白照片，灯壁前的香炉里静静地燃烧着几炷草香，香烟袅绕，默默地替后人表达着对逝者的无限敬意和由衷的缅怀之情。窗台的木质台灯架上放着一盏煤油灯，火焰比平时挑得格外大，昏黄薄弱的灯光不经意地洒满整个房间。平时舍不得用，存放了很久刻意留给除夕的木炭，此时在火盆里燃烧正旺，通红的火光映在大家的脸上，心里暖洋洋的。经历了太多荣辱心酸和生活磨砺的爷爷脸上，洋溢着平常难得一见的笑意，满头的白发和长长的银须，看着比平时顺畅，格外有亲和力。

爷爷特意吩咐大哥去看了从里面顶上的结实的大门，再关上厅房严实的双扇门，觉得放心无虞了，才小心翼翼地从炕柜里拿出一个红布包裹，放到炕桌上。打开包裹，取出紫檀色的长方形木匣，双手揭开盖子，支好喇叭，将曲形摇柄安插在匣子右侧，把蝶形唱片平放到圆形转盘上，让我摇动手柄，放着唱片的圆盘，朝顺时针方向，平稳而又急切快速地转了起来。爷爷又将镶嵌了磁针的紫铜色针柄轻轻放置在转动的唱片上，刹那间，一阵悠扬悦耳的音乐声在大家的耳际流淌开来，如山涧泉水低吟，如林间小鸟鸣啭，如冰河解冻轻涌，如春草悠然萌发，如桃花肆意绽放，天籁般弥漫了整个房间。空气好似在幸福地微微颤漾，连灯盏的火苗也似在欢快地舞动。

年终岁末的除夕夜，是守岁的时节，是共话桑麻的时节，是团圆相守的时节，是回味展望的时节。沉浸在音乐带来的幸福中，倍感年味的浓烈醇畅。听过了音乐，大家又缠着爷爷讲故事。《孔融让梨》《桃园结义》《赵氏孤儿》《尾生抱柱》等故事让大家的思绪随着古人的命运跌宕起伏千回百转，替古人忧思，为古人伤悲。

每每听过那些美妙的音乐和感人的故事，我总沉浸在余音缠绕和荡气回肠的故事情境里，回味良久。

在当今4G、5G主宰生活的互联网信息时代，手指轻轻一点，国内外大事了然于心。微博微信信息丰富，家国社情一览无余，穿着追求新颖潮流，个性追求解放时尚……

　　不忘过去的酸涩，珍惜当下的幸福，展望美好的未来，成为当今人们的普遍诉求和愿望。我想说，尊贵也好，卑微也罢；富裕也好，贫穷也罢；得志也好，失意也罢——生活不易，且行且珍惜。

盛夏，走进清丽的黄香沟

今年的夏天格外燥热，加之工作生活中的烦心琐事，心情甚是郁闷，因此，时不时会冒出逃离这酷热难耐浮华嘈杂的地方，去找一处清幽僻静的地方度夏，安放浮躁的心灵，哪怕是极短的一半天也好。有了这样一个想法，也就无法按捺内心的躁动，它像浮着的水瓢，摁下去又会漂起来，撩拨得人心痒难耐，都要生出心病了。

一个周末上午打完球，坐在办公桌前随手翻看案卷时，有好友来叫，说约好了数人正要去黄香沟自助野炊，问我去不去。以前曾听别人不时提起露骨山下的黄香沟夏季如何迷人，自己也曾多次乘车从旁经过，但是没驻足过。既有朋友相邀，又可了却心愿，我便欣然前往。

出了县城一路西行，过了殪虎桥，透过车窗望去，满眼的绿色铺天盖地，漫山遍野，仿佛一下子置身绿色的海洋。金黄色的油菜花，美如绸绢做的马铃薯花，反倒成了绿的陪衬。偶尔裸露的白色岩石像是途经此地的行者，被这里广袤的绿意所震撼，为之倾倒。

在抱团成簇柳树的招摇下，在娉婷玉立白桦的婆娑中，在高耸挺拔云杉的注目间，我们乘坐的车辆七拐八弯地驶过蜿蜒陡峭的山路，终于到达了海拔 3000 米的分水岭观景台，看着刚刚经过的曲折险峻的盘山道路，有点腿颤心悚。抬头再望海拔近 4000 米的露骨山，雄伟苍莽，绵延挺拔，震撼心灵。我们驱车缓缓西行数百米，就到了心仪已久的黄香沟了。

放眼望去，黄香沟三面环山，沟口狭窄，地势南高北低，像一个侧半部埋置土中、上侧部暴露在外、镶嵌奇花异草的倒置倾斜的绿釉宝瓶，与周围的山势浑然一体，瓶底紧依东西横亘的露骨山腰，瓶口搭在路边，有涓涓溪流汩汩涌流而出，似带着黄香沟迷人的灵动之气。

沿着舒缓的高山草甸斜坡，脚踩绿草黄花织就的松软坦途，欣赏着绽放在绿茵地上满眼的黄花，徜徉在奇异的花草世界，不由人心生感动，神清气爽，安心乐意，怡情悦性。在移步换景间，和朋友谈笑中仔细辨认着开着黄花的委陵菜、圆叶黄堇菜、酥油花、驴蹄草、金露梅、蕨麻等品相各异的生物形态，细数着各种花的花瓣和花蕊的差异和俊秀。

当然，极易辨认的蒲公英就不用提了，只是花已开败长成了种子，白色冠毛结成的头状绒球，洁白轻盈，温柔可人，在山风中微微颤动，欲罢不能，欲飞还休，似有不舍，却心有所归，让人心生怜惜爱意。花瓣紫色的短葶飞蓬、狗哇花、野豌豆、锡金黄芪、飞廉、柳兰等随风舒瓣，轻盈曼妙，风姿绰约，不时有蝶蜂嬉戏飞过。

还有俗称羊羔草的珠芽蓼、川甘火绒草等白色的花枝映衬期间，竞相盛开。这里的鲜花大都谦卑含蓄，不善张扬，很少见到特别惊艳的花朵。可当我们行至半山腰时，眼前一亮，依着低矮的烂漫盛开的金露梅、银路梅树丛，一株株罂粟科红花绿绒蒿轻倚着季节的暖，在青山绿草间流光溢彩，妩媚妖娆着又一个流年岁月。

和好友们行走着，谈笑着，欣赏着花开，嗅闻着花香，内心充盈着感动，似有许多的感慨在心中浸润涌动。人走累了，心感染了，再也不用装矜持，再也不必讲体面，再也不需顾忌牛粪会弄脏你的白色长裤青草会染绿你的真丝短袖，放下架子，放飞心情，枕着双臂仰卧在快意怡人的花草丛中，让花轻抚，与花对视，以一颗虔诚敬仰的心态亲近大地厚爱自然。

你可随手摘下一瓣扭旋马先蒿的花瓣放在口中慢慢地吸吮，任由花草的芳香甜蜜感觉在舌尖游走，唤起少儿时就曾这样吸吮丹参花瓣蜜汁的幸福快意，顿生对自然万物的崇敬感恩之情。仰望朵朵白云随性恣意地轻搭在山峰，在澄蓝浩瀚的天空下相映成趣，相得益彰，白得透亮，蓝得澄明。

饱经风霜的露骨山袒胸露怀，在太阳下熠熠生辉，像一位阅尽风尘、久经沧桑、伟岸坚毅的智者，深情地俯视着眼前的一草一花、一树一木，以及山脚下熙来攘往的车流人影，沉默着，思索着。盘桓的苍鹰，飘动的羊群，更增添了这里的空灵静谧。高原的夏风温暖惬意，高原的骄阳热辣酣畅，高原的天空深邃清幽，高原的景色悦情怡人，高原的夏天清丽如画。

一处风景，描绘出一段心路；一脉心语，荡漾出一片情怀。放飞思绪，任由心底氤氲的情愫，穿越蒹葭苍苍，跨越时空长廊，以一朵花开绽放的姿态感悟自然体味人生。人，一生有幸经历许多个四季轮回，在岁月更替中赏花之绚烂水之静美，吟唱天不老地不荒岁月长又长，蹉跎了一个又一个春夏秋冬。而这里的一草一花，却没有漫长的四季光阴任其挥霍，在悠闲慵懒中不忘生长、开花、结果。

它们甘愿守时践诺，紧随夏季仓促的脚步，来赶赴前世无悔的相约，应景而生，应季开放。它们没有牡丹的雍容华贵，没有玫瑰的雅致传情，也没有太阳花的幸运可以漫不经心地四季常开。你来与不来，我在这里依然花开花落，无怨无悔；你懂与不懂，我在这里依旧明媚如初，淡泊清宁。花的绽放虽惊艳不了似水的时光，但可以温柔寒暑更替的岁月；虽更改不了世事沧桑，但可以温暖你我心中曾有的凉薄，种一树菩提，长成葱郁葱茏的模样。

人生境界亦当如此，就像这里的每一朵野花，尽管卑微渺小，但不随波逐流，该坚守追求的，就要持正守中，毫不动摇；对于有些东西，索取时要有底线，不迷失自我，坚持本真。就像这里的一切，变化的是过程，不变的是永恒，我们欣赏花草变化中的多姿多彩，亦仰慕大山坚守不变法则的精神。我愿把对生活取舍的理解和内心的丰盈安放在这似水流年，把生活的况味煮进酽酽的浓茶，和着酒的浓香与朋友畅饮开怀，随岁月的脚步，敬自然理性，遵社会法则，做真实的自己，过理性的人生。

当我再次回望夕阳余晖下的黄香沟时，它显得更加清幽，更加空旷，更加明丽，让人不忍辞别。盛夏清丽的黄香沟啊，我多想用虔诚景仰之心，更多地读你，懂你，亲近你，被你包容，为你倾心。

看着你受审，我真的很心痛

我极不情愿今天庭审观摩被审判的是你，一位曾经的法官，一位我的同行，一位我叫得出姓名的法官同行。

如果今天观摩的庭审只是一出戏，我该尽情地渲染，尽情地炫耀，甚至有意添加情节，使剧情充满传奇，作为茶余饭后的谈资，让人津津乐道，因为从主角、配角，甚至身边的看客我都那样熟悉，我可以如数家珍地讲出他们曾经的故事，以及他们和我有关的琐碎而平凡的那些共同经历。主审的法官，合议庭成员，甚至到书记员，押解的法警，都是我朝九晚五朝夕与共和睦相处的同事同伴。公诉人也是隔三岔五时不时会在上下班途中相遇打招呼问候的熟人。就连被告你识才信任委托聘请的那位诚实厚道的辩护人，也是我同窗苦读4年的政法大学同学。唯独你，相对他们我有些面生，但我却从你的同事我的好友口中不止一次地听他们提起过你。我不熟悉你的为人，但我却是那样熟悉你的名字。因为你曾经工作的单位有我的校友，有我在工作交往中相识结缘的朋友。我甚至对你生活的县城都心怀敬意情有独钟，因为孩子在那里上过学，我曾在近十年的无数个周末往来停留过那里，被那片厚重却又充满生机的土地，以及生活在那片热土上诚实厚道善良热情的乡民百姓感动而心生情谊，甚至那些伫立路旁美丽了风景的一草一木我都萌生了情感，希望它们岁月静好，平和清宁。

我情愿这只是一场杜撰人名、虚构情节、仅用平铺直叙的剧情教化人们弃恶向善、厚德守法、诚实做人、慎重用权的一台大戏！可这真不是同事熟人客串演戏，也不是由着自己的爱好在选择看戏，更不是当年上学时和同班同学认真准备的模拟审判，而是按照要求确确实实我在参加的全市法院庭审观摩活动，一场实实在在的真人真事警示教育活动。

今天，当我看着你穿着扎眼的号服，带着冰凉的手铐，被我的同事押解着步履蹒跚心事重重地走向被告席，接受我的熟人指控，面对我的同事审判时，我真的是如鲠在喉，心里像压了块石头，有一阵子我眼里噙满泪水。过去的你可是端坐在审判席上审理别人的案子啊！看着你今天落魄地站错地方，站在那个本不应该你站的位置被指控、被审判，我替你难过，替你悲哀！此时看着你，我的心真的很痛！

从庭审中得知你是一名中共党员，与我都是同时代的大学生。从你疲惫不堪的神态和无可奈何的低落情绪中，似乎能真切地感受到你内心的自责、惋惜与悔恨。其实岂止是你，扼腕叹息的还有爱你的亲人，和你曾经朝夕相处的许多同事，还有今天一个个坐在科技审判庭参加警示教育的全市法院的法官同行。

想当年千军万马去挤高考那座独木桥时，你没有被落下，说明你是同龄人中的优秀者。当你学成离校志得意满走向社会，从事你一直向往追求的法官职业时，甚至到后来走上执行庭庭长这一重要岗位时，你对工作依然是那样的尽职尽责，东奔西跑，尽心聚力，穷尽办法，化解执行难题。那时的你被同事称赞，被同学朋友称羡。你本可以凭着你的精明干练在法官的职位上干得有声有色成绩斐然；你本可以审慎用权，情系百姓，为民维权，通过认真办理每一起案件，在百姓心中树立良好的口碑。但不知曾几何时，你忽视了"三观"改造，淡化了权力观的养成，你渐渐地变了，变俗气了，变得眼里只认钱了，想着法儿变着法儿捞钱，忘记了曾经入党时的铮铮诺言，忘记了曾经在国徽和法徽面前掷地有声的法官誓词。你玷污了神圣的法律和天平，你让法徽上的天平蒙尘，让一个个忠于职守惩恶扬善的同事因你蒙羞。你可曾想过，这一次不经意间是你自己把自己给落下了。

曾经的你是父母眼里有出息的儿子，是妻子心中有担当的丈夫，是儿女眼中可以遮风挡雨的大山。你曾是家里的希望，你曾是家里的主心骨，你曾是家里的顶梁柱，你曾是家里的骄傲。现在却因为你的一念之差，一步之错，你在亲人心中的形象轰然坍塌，让他们遭受世人的白眼和歧视，让他们生活在忐忑不安和焦虑抑郁中。你违背了组织对你多年的培养，你辜负了父母对你含辛茹苦的养育，你亏负了妻子对你的拳拳托付，你亏欠了孩子对你的盈盈期望。

当主审法官宣布闭庭、法槌敲击垫板发出的清脆声还在回响、你被法警押着低头走出审判庭时，我的心又一次隐隐作痛，又一次替你深深地惋惜。你年富力强，正是人生的黄金季节，你本可以凭着丰富的学识和多年积累的经验，为国徽增光添彩，为天平续写传奇；你本可以在闲暇之余尽人子之义务，侍奉年迈的双亲安享晚年；你本可以是相濡以沫同甘共苦了大半生的妻子眼里遮风避雨栖身立命的伟岸大树；你本可以是孩子眼中慈爱有加托起他青春梦想的坚强后盾；你本可以是昂首挺胸充满自信和骄傲地进出法院大门、每天从国徽天平前走过的法律人；你本可以是同学朋友聚会时不可或缺的那道身影；你本可以去做很多对社会对他人对家庭有益的一件件实事；你本可以……可让人痛惜不已的是你现在成了阶下囚，你不是大步流星地赶着去办下一个执行案件，而是拖着沉重的脚步悔恨交加地走向囚车走向森严的看守所。

当我怀着沉重的心情端起喝剩的半杯开水最后一个人走出科技法庭时，我在心里突然想问你，现在的你还能随时随地随心所欲地轻易喝到半杯白开水吗？你会不会再对午夜窝在沙发看一场球赛感到习以为常？你会不会怀想眷恋从前茶余饭后闲适的自由漫步？你会不会特别怀念过去雨后煮茗焚香读书的那些平淡清逸的日子？你会不会十分渴望再次拥有能在周末的早晚依着轩窗听风数雨看飞鸟倦归的惬意？你会不会再对无处不在的自由新鲜的空气无动于衷？你会不会再对晨晓时的那缕霞光黄昏时的那道余晖视而不见？你会不会再对窗外正在淅沥的雨滴太想用肌肤亲近？你会不会再对路边卑微的小草心生悲悯？你会不会再对妻子的娇嗔心生怨言？你会不会因为梦到同事忙碌办案的身影而叹息以致彻夜难眠？你会不会因为想起某一次愉悦投缘的同学聚会而更渴望自由？你会不会因为想起愧对白发苍苍的双亲而泪流满面？

由此，我又反问，作为今天参加庭审观摩接受警示教育的我们该吸取怎样的沉痛教训？我们该如何坚守道德和法律的底线？我们该如何行使好法律赋予我们的神圣权力？我们该如何保有和珍惜随时随地能够喝一杯白开水的权利和呼吸新鲜空气的自由？我们该如何保持在夜晚困倦时倒头就睡、内心充盈、不惊不诧的安然？

听着你表示认罪的最后陈述和愿意退赔认定的贪污受贿数额的悔罪表示，让人心生悲悯，让人遗憾怜惜。你已经因为错误失去了受人尊重的体面工作，失去了半生努力奋斗的成果，但这并不意味着你失去了所有失去了全部。你还有亲人对你的殷切期望，你还有漫长的人生道路要走，至少你还要对包容你的亲人和你无数次牵挂的家庭有所担当。过去的错误就当是对后半生刻骨铭心的背书，就当是一次人生惊心动魄的磨砺，就当是晨钟暮鼓当头棒喝，希望你认真走好下半程的每一步旅途！

作为一次规范性的庭审观摩，从法律程序的层面无疑是成功的，但我更希望所谓的成功是指受教育受启示的深度和广度，希望每个人所得的教育和启发是深远的、深层次的、历久弥新的、终身受益不尽的。唯愿接受审判的你能够洗心革面，脱胎换骨，重新做人。唯愿接受警示教育的同事同行，真能把这次庭审观摩当作警钟，常敲长鸣，常醒常思，在今后的司法实践中以德润才，以德修身，在官唯明，莅事唯平，立身唯清，公正执法，不辱使命。

若，果真如此，此刻，我痛着的这颗心，也会稍安些。

渐变的文字　成长的心智

今生，我由衷地感谢文字，感谢祖先创造的方块汉字，是它陪伴我成长，将一个懵懂少年，引导教化成熟，给我立世修业的技能，给我的思维插上想象的翅膀，给我充实多彩的生活，给我探索前行的路径，更给我生命中持正守中的灵魂。

想起小时候自己的愚顽，真有点脸红。那时的心事全在玩，盯着搬家的蚂蚁排队行走，看它们相帮着拖走数倍于自身的昆虫尸体或枯枝腐叶，我会浮想联翩地看上半天；和同龄的小伙伴，兴致盎然地拿个背篼，去磨渠里摸鱼捉泥鳅，我会乐而忘返；喜欢跟着羊倌去放羊，看羊倌故意惹恼的两只公羊，像武士一样勇敢地大战无数回合，我会乐得忘乎所以。那时的我，一心只想无忧无虑地在追逐嬉戏中疯玩，无关花开花谢，不论阴晴圆缺。

该到上学的年龄了，学堂里的老师来家里动员，高年级的学生被老师安排来叫，甚至父母用识字可以算工分、可以认得出行的路来开导，我不为所动。可最终，势单力孤的我，还是扛不住老师和家长地软硬兼施，被赶进了破庙改建的学堂。

刚开始用铅笔在本子上学写字，那个"8"字父亲不知手把手教了多少遍，我就是不会挽麻花，只好吃力地上下画两个圆圈，小心翼翼地紧挨着擦在一起，应付着交差。语文第一课是"毛主席万岁"，不管老师用粉笔在黑板上示范了多少遍，我总是"毛"字先写下面，最后才写上面那一撇。死板固执地认为要是先写那一撇，字就没法写端正。真正喜欢上学习，还是期末学校奖给我一本一毛钱的方格本开始的。

渐渐地识字多了，可闹心的事也来了。因为家庭成分，那个很"左"的校长总要问家庭成分，当别的同学自豪地高声报出"贫农"时，轮到我的时候，喉咙里就是不给力不长精神，发不出清脆响亮的高音，弱弱地说出"上中农"三字……

好在我的学习成绩还行，教语文的班主任很看得起我，经常鼓励我，让我倍感欣慰，勤奋有加。布置的课文背诵，总是第一个完成。老师要求的大楷描贴，我也写得像模像样，每当大楷本发下来，一页纸上常会有老师用红笔圈点的写得好的毛笔字，我常暗自引以为豪。期末都会得到三好学生的奖状，父亲拿它贴在用报纸糊过的墙上，其荣耀远胜鲜艳夺目的年画。别人的赞许，让我初尝学习带来的幸福和赏心悦目。

那时每看眼前的"笑"和"哭"字，倍感形、神、韵备至，心生无限的遐想和由衷的感慨。也试想过古人造字，难道他们就曾经历过与我类似的眼泪和笑意。从此，我深深地喜欢上了文字，文字的古朴灵动，表情达意，抒怀言志的特殊功能让我陶醉其中，爱不释手，因此，遣词造句的本事大为长进。

一次，五年级时轮我当值，不知哪个调皮的同学，迁怒于饿极的那头老母猪啃烂了他的书包，心生怨恨，把喂食的铁锅摔破了。校长大怒，把轮值的我和嫌疑较大的几个同学，召集在全校师生面前检讨。当广播里传出变调的稚声嫩气的检讨声时，竟引得大家哄然大笑，刻板严肃的气氛荡然无存。后来校长又将检讨贴在墙上让大家参观，以示警诫。没承想因为我的字体工整，语句通顺，反被语文老师表扬了，真是因祸得福啊。工作期间，听一位同事讲起，他曾在班上的书面检讨获得过阵阵掌声与喝彩，说起各自的经历真是忍俊不禁。

初一放暑假，偶尔得到一本钢笔字帖，看着字体俊秀悦目，内容又是革命样板戏《智取威虎山》与《沙家浜》的节选，如获至宝，临摹练习了一阵，钢笔字体突飞猛进，简直跃进了何止一个层次。平时的作业得到老师赞许，荣幸之至的是，期末都会被班主任叫去给同学填写"通家书"评语。又因为文字的给予，那份荣耀和自赏的心情延续了好长一段时间。

不知是课业繁重，还是青春期的骚动，写字潦草，没了耐心，……河日下，甚是颓废。忽一日课外活动，看见平时并不起眼的一位女……，神情专注地拿粉笔在黑板上诗意盎然地走笔，记得好像写的是："我爱秋菊的清逸高洁，也爱牡丹的雍容华贵，更爱带刺的玫瑰……"字体硬朗娟秀，文字与内容是如此的适配契合。那一刻，心生涟漪，情愫微漾。至今想起，仍觉温馨，充满感动。原来适宜的情境，恰遇相配的文字，竟会滋长青涩的悸动和爱恋。

一分耕耘，一分收获，又加上苍眷顾，高中毕业，顺利上榜。习法四年，夕风晨露，星月伴读。在法学知识的海洋中竞技畅游，认真钻研，理性思考。一篇论文《论公民的人格权及其保护》，通过答辩，被评为优秀论文，如期获得学位，修业合格，按时毕业。又是文字给了我知识和谋生之能，使我面对人生选择，面朝校门外斑驳陆离的社会时，少有一丝犹豫和胆怯。

文字陪伴我一步一脚印，岁岁年年。那个曾视学堂为藩篱牢笼，对文字心存芥蒂的顽童，终于学得一技之长，心存法律尊严，胸怀理想抱负，背负人生信念，满怀期许翘盼，信心满满地投入社会，去蹚社会与法这条抽象而又具体的河流。刚执业不久，接手的第一个刑事辩护案件在依法据理辩护后，被告由原来的三年有期徒刑改判无罪释放。从业得到的初次成功，给我喜悦与欣慰，然而法律制度设计的缺陷，以及个别手握审判权力人员的任性，也带给我如鲠在喉的感慨与憎恶。

工作期间，主动或被动地听过一个又一个位高权重者居高临下的报告讲话，可往往或因为他们有才无德的品行，或因为他们无视古人"君子求诸己，小人求诸人"的无良表现，我真鄙视他们慷慨陈词时的虚伪丑陋与奸诈阴险。那些珠玑一样的文字从他们口中吐出，真是玷污了文字的圣洁与美好，真是可惜了。

当此知天命的年龄，虽在文字上没有造诣，但文字依然与我彼此不离不弃，我视文字为知己，文字替我抒情达意。在别人眼里，我是以文言志也好，故作矫情也罢，都已无所谓。值得庆幸的是，我至今心存正义，尚有淡泊之心。对于文字，和文字所能给予我的得失，我心怀感念。真得心意至诚地感谢文字陪伴我长大，给予我成熟的心智，赋予我坚贞的灵魂。

冬晨，去插鱼

　　家乡村前那条蜿蜒流淌的河流，不仅滋养了一代又一代乡民，也承载了我儿时太多的童趣和记忆。晴日的冬晨，跟着叔伯和哥哥去插鱼的快乐情景，就足以让我回味无穷了。

　　入冬后的几场大雪，将山峦和村庄悄然装点得分外素雅清逸，极像一幅水墨画。村前那条长年不断的玉带一样的河流，也清瘦了不少，变得文静腼腆，温文尔雅，没有了入秋后汛期那种桀骜不驯的野性。河面窄小了不少，只有10余米宽。两岸结了厚度不足一寸的薄冰，河心水流泛着漩涡，清澈见底。那个时令是插鱼的最好季节，时节早了水浊，看不清鱼，迟了冰太厚，镰叉割不动。

　　记得七八岁的时候，就这个季节，晴天的早晨我常会跟着叔伯和哥哥去河里插鱼。四周空气清新冰凉，河水轻拍着新结的冰凌，哗哗作响。他们手里拿着丈余长的鱼镰，步履轻快地走在沿河厚实的积雪里，我得慢跑着才能跟在他们后面。偶尔会有羽毛黑红相间俗名叫火耀盘、羽毛黑白相生俗名磨里家的鸟雀在眼前飞舞，翠羽如珠，时而落在河中溅满水珠的石头上，时而又飞上柳梢，闲趣悠然。有时还会遇到野鸭，凫游觅鱼，身姿轻灵飘逸。那些一丛一簇的河柳，静静地在水边悠闲地兀立着，寂然地感受着四季的寒暑温凉，静听河水冬天里的低吟浅唱。成片的芦苇，尽管被季节的风改变了容颜，变得沙黄，没有了往日柔曼妩媚兼葭倚玉的娴雅，然而仍不失夏秋诗意的轻盈婀娜。折一梃用劲一吹，芦苇的丝絮会在半空中飞扬开来，毛茸茸地落在脸上落在手上，撩拨得心绪陡然滋长，快乐的情绪就会漫溢浸润整个身心，心里舒坦得像花开飘香一样。河柳芦苇生长茂盛的地方，也是水深流缓群鱼集聚的地方。

叔伯和哥哥分开，各自选好互不影响的地方，就准备插鱼了。站稳脚步，舒展双臂，伸长鱼镰，首先在浮冰上划出三道规则相连的口子，三道冰线和冰沿形成一个矩形冰块，然后用镰背将大块的浮冰轻轻地推向河心，清悠悠的河水就会慢慢展现在眼前，连河底的石子甚至游动的小虾都清晰可见。然后伸开两臂，握紧鱼镰，斜举在半空，眼睛一眨不眨地盯着水面。不到一锅烟的工夫，刚才割冰被吓跑的鱼群，又在头鱼的带领下，摇头摆尾，倏然而至。就在鱼群还未发觉的瞬间，高举的鱼镰如箭一样，斜刺着插向鱼身，被插中的鱼在水浪里翻着白肚挣扎。此时，最能考验一个插鱼人的机智和敏捷，稍有迟疑，判断失误，或者回镰勾鱼不准，插中的鱼就会被水流冲进冰下，眼睁睁看着不见了，前面的付出和等待化为泡影，空喜一场。必须在流水一二米的界面内，综合考虑水的流速、水的折射，以及鱼的挣扎程度，勾住鱼身，迅速回镰，边收边提，准确地将鱼勾到冰面。这样的动作至多重复二三次，机会稍纵即逝。那一刻我紧张得大气都不敢出。

当勾到冰面的鱼还在雪里拼命挣扎的时候，哥哥用鱼镰极快地勾到脚下，紧紧地抓住鱼头，钳牢鱼鳃，交给身旁的我。我折一枝细柳条，熟练地从鱼鳃穿入，再从鱼口穿出，将鱼竖提在手上。看着鱼尾还在半空中轻轻摆动，心里的那种兴奋和快乐甭提有多好了。长着两条胡须指头粗的小泥鳅，笨头笨脑地在眼前晃来晃去，有意招惹，我们还不屑一顾哩。有时候得找几处地方才能插到更多的鱼。运气好的一个早晨，可以插到七八条甚至10多条鱼，有鲈鱼、面鱼、沙斑鱼、秦岭细鳞鲑。在那个年代，晴日的冬晨插鱼，不仅是一种乐趣，也收获了难得的鲜荤味。

当暖融融的冬日阳光洒满河岸，照着那些河柳、芦苇和晶莹发亮的冰雪时，该是满载而归的时候了。村外冬闲的耕牛心慵意懒，悠闲地行走在积雪里，偶尔不经意地摆动脖颈，摇响牛铃，铃音悠扬，回响耳际。村龙嬉戏，追逐撒欢，脚印落满雪地。此时，心情如洒满阳光的大地，舒畅亮丽。

中秋夜，心中盈一抹童趣

云淡风轻，丹桂飘香，树影婆娑，月影西窗。又一个流年，不经意间，中秋如期而至。如银似玉的粼粼波光，清逸微漾，与天穹中一泻而下的皓月清辉，相映成趣，真有"素月分辉，明河共影，表里俱澄澈"的空灵意境。心中潜滋暗长的怀乡情愫，氤氲荡漾，犹如滑过舌尖的松花蜂蜜，绵甜悠长。此刻，情不自禁地想起童年趣事，追着大人收蜂群，识蜂性，走过朴实无华简单纯真的一段童年心路。

家乡的村落群山环抱，植被茂密，苍翠葱茏，物种繁多，葳蕤滋荣，从春到秋，花开不败，最适宜蜜蜂繁殖酿造。方圆四周，勤于农事，而又兼顾养蜂者甚多，村里的三爷就是附近有名的养蜂能手。

农历五月的时令，正是春末夏初。冬眠后的蜜蜂，经历过百花盛开蜜源广布的春季，因为大量繁殖，蜂群不堪拥挤的蜂房，需要新生的蜂王带着它们另觅王台安家落户，繁衍生息，酿造花蜜。它们会乘养蜂人不备之机，倾巢而出，上演一出养蜂人与群蜂之间的逃离与追捕大战，在当时年少者的眼里，那无疑是惊心动魄的，是充满激情与挑战的智慧大战。

三爷身材高大，说话高声大噪，尽管斗大的字不识几个，却很有人缘，和侄孙辈最能合得来，有时还会相互逗乐取笑。他也是个闲不住的人，平常喜好养蜂，是大家公认的养蜂高手。特别是他养的蜂群外逃，或者收捕不期而至送上门来的蜂群时，吆喝声二三里外都能听到。那时我和小伙伴们才上一二年级，山里的孩子野惯了，都不怎么爱上学，却被家长老师连哄带吓，成天圈养在破庙改建的学堂里，过着魂不守舍的学堂生活。虽身在学堂，却心飞天外。有次忍耐着上完语文、算术课，到放学吃午饭时已是饥肠辘辘，有些百无聊赖，无精打采。正恍恍惚惚走在回家的半道上，老远听见三爷熟悉的吆喝声，并看见不时扬起在半空中的灰尘。哦，是三爷又在收蜂蜜哩！大家一时倦意全无，兴致大发，斜挂着书包，叫唤着撒腿就跑。那个经常逃学的平娃，也提着他的装了一只黄嘴小雀的宝贝鸟笼，不知从哪棵树下冒了出来，慌慌张张加入到我们的行列，跑向三爷正在收蜂的地方。身边是撒着欢儿跑前跟后敢和豺狼一较高下的勇敢可爱的犬仔"黑虎"。

　　三爷此时正灰头土脸，手忙脚乱，刚冒着被蜇伤的危险放下肩上扛着的竹织蜂斗，又提着盛了半篮炕灰的柳编扁篮，右手抓起炕灰，一把接一把地撒向半空中。晴空里扬起一团团灰雾，像极了看过的电影《地雷战》中地雷炸响时的情景。三爷追逐堵截正要逃离的蜂群，口中念念有词，"蜂王进斗——！""蜂王进斗——！"声音拉得又长又亮。天空中无数只蜜蜂飞来舞去，嗡嗡叫响，焦灼不安，像一团飘忽不定的云团，横冲直撞。不时还有单个的蜜蜂俯冲而来，从大家眼前、耳旁飞过，吓得大家尽量躲闪。其间还有被焦躁的蜜蜂蜇伤脸颊，疼得嗷嗷大叫的，可这丝毫不会影响大家的兴致和热情。大家伙也真替三爷着急，不由自主地拉长声调，很有节奏地学着三爷吆喝着"蜂王进斗——！""蜂王进斗——！"稚嫩的童声在天地间一遍遍回响，穿过河谷，飞向高山，传向远方。有大点的却和三爷开玩笑捣乱，口里喊着"蜂王进斗旋出旋走"，气得三爷又骂又瞪眼，吓唬着说，谁再乱喊，八月十五就不给他蜂蜜吃。在三爷一把又一把的炕灰狂轰滥炸围追堵截下，在大家一声又一声地盛情吆喝中，蜂群像中了魔咒似的，逐渐聚拢，且慢慢地变得安静，在蜂王带领下，向那棵长在地埂上的老梨树徐徐靠近。三爷将挑着蜂斗足有三丈多长的蜂杆靠在树上，这时不断地有蜜蜂在斗内飞进飞出，渐渐地有越来越多的蜜蜂，随着招引它们私逃的蜂王飞了进去，一只跟着一只，一只挨着一只，簇拥成团。待蜂群不再乱飞，安静地悬吊成团时，三爷又把事先准备好的一个柳条簸箕平放在地，将蜂斗轻轻地从蜂杆上拿下，轻手轻脚地倒扣在簸箕上，收蜂之战总算大功告成。晚上三爷会乘着月色将斗里的蜂儿放进准备好的蜂箱。汗水从三爷满是灰尘的脸上一道道流下，三爷一脸的灿烂，一脸的惬意，一脸的满足。他点上一锅旱烟，兴致悠然地吸起来，空气中弥漫起又辣又呛人的烟草味。

大家意犹未尽，忘记了饥饿。待三爷抽完一锅旱烟，又跟着走到三爷养蜂的地方，蹲在一个个用圆木一分围二、中间掏空的蜂箱旁，听三爷津津有味地讲蜜蜂的故事。什么是蜂王、工蜂、雄蜂，它们的习性差异与各自不同的分工，以及专事侦察花源的蜜蜂，如何用不同的肢体舞蹈，像镰刀舞、摆尾舞，还有"8"字圆舞，告诉同伴花源的方位和远近。三爷还让我们仔细观看，辛劳忙碌进进出出的蜜蜂有什么不同。他反复叮咛，千万不要惹恼蜜蜂，它在自卫攻击蜇人之后，也会同归于尽，断肠而亡。大家伙凝神静气地盯着归巢蜂后腿裹满花粉，满载而归，钻进蜂房，卸下黄色的花粉，再次从进出的蜂巢口爬出，匆匆加入出巢蜂队伍，像弯弓满弦射出的利箭，又去采集花粉。看着眼前菜园里花丛中就近采花的小蜜蜂，我的心中充满幻想、神秘、感动和甜蜜，想象着在群蜂的精诚协作下，香甜可口的蜜汁聚少成多，似有蜂蜜慢慢地从蜂巢口中流出。对围着自己嗡嗡鸣叫似有攻击之意的，心生怜惜敬畏，也不敢随便扑打，只是用劲呼气将蜂吹走。有时这样看着过于入神，浮想太多，竟会忘记去学堂上课。

天高云淡景色怡人的春夏时节，时不时会在阳光明媚的午后，一次次碰到这样的收蜂大战，三爷收养的蜂群会不断增长到二三十窝，放养在地埂下向阳避雨的地方。秋天蜜蜂会给他带来不菲的收入，也给童年的我们带来名至实归的好处，带来中秋节蘸蜜吃馍的甜蜜幸福。因了对蜜蜂的喜爱，只要看到开得格外灿烂的鲜花，清澈的泉水，总希望蜜蜂都能找到，采集回去，酿造出香甜怡人的蜜来。

后来慢慢长大，有所感悟，有所启发，自觉不自觉地将蜜蜂精神用在学习和工作上。甚至觉得今天的生活工作，总和蜜蜂有着不可割舍的联系。到如今，在一个又一个中秋，吃月饼，品蜂蜜，都会想起小时候帮着三爷收蜂，以及心神专一地观察蜜蜂的那些有趣的童年往事。今年这个中秋夜，又多了一份念想，多了一份思索。想起中秋之前去看法庭灾后重建，在集市上见到舒适悠闲、吆喝着叫卖蜂蜜的乡亲，和现已步入中年小时经常逃课的伙伴。交谈中始知，虽历经艰辛，他对生活仍然执着从容，渴望而又满足。平常听多了对名利金钱太多的怨言甚至不平，对生活过多的无奈和纠结，以及对口是心非言不由衷的习以为常，由此也会想起他真诚、淡然与朴实的那份厚重的乡土情怀，心生一份真实的感动。

"今夜月明人尽望，不知秋思落谁家"。伫立窗前，凝望着清朗诗意的月华，稀疏斑驳的树影，不由人情思暗涌，迁思回虑。其实，过尽一世繁华喧嚣，是幸福；守望一份简约清宁，也是一种幸福；心盈一抹牵念眷顾，更是一种幸福。对待生活，态度不同，感受就会不同，心态最重要。

冯　毅

———

　　1963年生人，甘肃秦安县人，定西市作家协会会员。有作品入选《定西作家文学作品选（1942—2013）》；获中华司法研究会民族法制文化研究专业委员会2019年学术年会论文奖、全国法院法官原创诗文大奖赛二等奖，及第三届全国法院《天平》杯有奖征文三等奖等奖项。

在顺德遇见《天平》

　　穿越万水千山，为的就是遇见。

　　初夏的岭南，青山苍翠，碧水成练，暖风拂过脸面，空气中弥漫着花香的味道。雨过天晴的一个早晨，我端坐于岭南凤城一隅，用心品读《天平》文字的墨香。《天平》中的每篇文章，都似流动的风景和图画，感到悠悠的清馨漫过心灵。一段段优雅和馨香的文字从中飘来，宛如一树繁花之一瓣粉红落在我的眼前，又如翩若惊鸿的秀美女子的长袖在我心中轻舞飞扬。突然发现，原来让读者喜欢、吸引读者到达一个芳草吐翠、鲜花盛开的幽谷就是文学永远年轻的秘诀。

　　和北方不一样的岭南山水，牵动了我柔软的神经，别样的风土人情，浸润了我经久不变的情愫。此时的我正与全国法院系统的文学大咖相对而坐，看他们潇洒自在，听他们侃侃而谈。

　　跨越如歌的时光，为的就是在美丽的顺德遇见《天平》。顺德是座很有魅力的城市，现在正以她风情万种、绰约多姿的热情欢迎着八方来客，一镇一世界，一步一精彩，顺德也是座实力雄厚的城市：综合实力位居全国第一、世界美食之都、中国家电之都、中国燃气具之都、中国涂料之乡……

　　颁奖会的情景历历在目，讨论会上的发言响彻耳边。字字句句之中，抑或是洋溢着法治情怀，抑或是充盈着百转柔情，看眼前文学的精灵，飞翔于晨曦的阳光里，在梦与现实的界限中旋转升腾。比黄金还珍贵的光阴，在颁奖、讨论、采风中悄然流走。遇见，是擦肩而过的回眸，是菩提树下 500 年的期盼，是三生石上深深镂刻的诗篇，是前世今生不息的轮回，也是相识相知的开始；遇见顺德、遇见《天平》，是我人生最美的意外，注定很温暖。

　　遇见，就多了一种感觉，多了一份思念，多了一世牵挂。那些才华横溢的同仁似曾相识，一辈子都会深情陪伴，从不曾离开，亦无可取代；颁奖采风的图片有着别样的美丽，只希望这样的场景永远凝固、永远美丽。

　　记得参观法庭博物馆时的深情，体验"美的"时的执着，行走在清晖园中那些明净的风景，年过半百的人们依旧有着孩童般的笑声。我喜欢这样一群人，不迎合别人，不泛滥热情。虽是严肃古板的法律人，却有着浓烈的文学底蕴，彼此相互鼓励，相生相长。珍惜所有清淡持久的情意，迷恋所有长情却不急迫的表白。世俗的平凡是最大的温暖，流光仓促亦温柔，生活就是一次次虔心的祝愿，祝愿所有的沧桑褪去，祝愿所有的遗憾都能得到圆满，让心安住在精神的家园。

　　别看这些老小孩在蓝天白云下漫步，走走停停，看看拍拍，说笑随意，可在法院他们是兢兢业业、孜孜不倦的法官，每天庭审、调查、取证，在与形形色色当事人打交道的熙熙攘攘里，有时想停下来看看窗外的风景，却永远停不下来，因为有太多责任要他们承担。这时的他们，慢下来静下来，聆听大自然的声音，愿山河静美，盛世长宁，珍惜这时光里令人心动的瞬间，愿岁月静好，始于初见，止于终老。

　　《天平》一直是我们这些法院人写作者温馨的家园，在顺德遇见《天平》，是一种醉心的美丽，这条通向醉心的曼妙之路，依然朝着梦里花开的季节延伸，相信会有更多更美的遇见。

遇见，总是在你的记忆深处与你的灵魂融为一体，难以忘怀。因为《天平》编辑老师们辛勤的付出和无私的奉献，因为顺德法院同仁们热情的陪伴。因为遇见所以温暖。

感悟法官

1

选择法院，就认识了法官；选择法官，就觉得法官本身也是法律而非什么"官"。真正的法官啊，他的理性思维比法律更缜密。

2

读法制史，觉得历史上的法官都是"黑脸包公"；读现实，觉得身边的法官都是铁面无私的智者。比如，在战国时期，法官们遵循"法不阿贵"，能做到"刑过不避大臣"；在秦代，法官们"不别亲疏，不殊贵贱"，使"群臣人人自危"。再比如，在隋唐时期，法官们"德礼为政教之本，刑罚为政教之用"，出现了"人有所犯，一一于法"的局面。

3

有了法官，事物才有了方圆，世界变得中规中矩、和谐美丽，社会生活因而绚丽多姿。没有了法律，社会将变得无章无序；没有了法官，规范也是形同虚设。

4

法官是正义的化身。法官的声音就是法律正义的声音。

真正的法官，要做到公正司法，对人民司法事业抱有赤诚之心；要做到阳光司法，守好司法公正的底线，不违法审判，不徇私枉法，让法治天空下闪烁司法公正的阳光。

真正的法官，要从政治觉悟、道德情操、职业崇仰、专业技能、行为规范、为民情怀、守廉意志等方面对自己进行严格要求。只有清正廉洁，不谋私利，不徇私情，深怀爱民之心，恪守为民之责，多办利民之事，才能得到老百姓的拥护和支持。

真正的法官，应当博古纳今，不为私欲遮望眼，始终保持职业良知，保持清廉如水、执法如山的本色。严格遵守审判纪律和廉政规定，不为金钱所诱，不为人情所惑，不为关系所扰，不为权势所迫。堂堂正正办案，干干净净做人，以清正廉洁取信于民。

5

刚走入法院大门的，说自己是法官；是法律专家的，说自己仅是法律人。触犯了法律规范的人在诅咒法官，我只觉得他们不是骂法官而是在亵渎法律；真正的法官，他的人格他的魅力早已融入了法律。

6

法官的一生在寂寞中守望清平，在孤独中捍卫法律。

他们的清平往往是因为职业，因为道德，因为追求、理想，因为承载法律负荷的沉重，因为价值连城的良心，因为所承担的责任与所处的社会位置。

是法官，注定要一世清贫、一世平淡；是法官，注定要远离灯红酒绿、金钱地位；是法官，他的无私和坚守同时升华了法律人的生命价值。

7

读懂了法律，是真正懂法的人；读懂了一位法官，才真正有了法律的灵魂，才成了法律人。

于是我想，即使读错了法官，但愿不是在亵渎崇尚法律的灵魂。

法官啊，聪明的智者。

四季的思念

又是漫天飞絮的暮春了。

我等待的心依旧飘飘摇摇，无从着落。

水杨柳在堤畔绿成一树葱郁的诗情，氤氲的烟雨中，鹁鸠的声声轻啼惹得人心醉。

仍不见载你的红帆驶进我屏息的心湖。又一个季节悄无声息地滑落了，在苦苦地守望中辜负了树树春红。

夏季在炎炎烈日下疯长，蝉在夏的每一个枝条操起绿色的琴弓。

我思念的碧荷擎起如盖阴凉，鹄立着等你的回航。

而你的归期遥遥，随日影一拍拍延长。

熏风吹落我苦恋的花瓣，片片逐流而下。

当你远远地望见有簇簇轻红向你拥来，那不是落英，是我凋零的心。

已有多久了，我不再将"偏爱小雨中漫步"的意境写在朋友的留言簿上。

昔日的浪漫情调，被风儿吹散了，被流水卷走了，被阳光蒸发了。

如今的雨丝也纤纤，如今的沙径也无泥。只是没有你婷婷的身影给我伴行，再没有你的浅笑为我佐餐。

雨季，一枚小银箫呜呜地吹，我无言的心事在滩头搁浅成"野渡无人舟自横"的姿态。

今夜月圆。

似水月华从窗玻璃上泄进来，像你明亮的流盼，再一次啄痛了我的心扉。

想此时的你远在边疆倚窗对月，细品理查德·克莱德曼《秋日私语》的姿态可同昔年？

秋风吹落片片红叶，讪笑着走完8月的旅程。而我却跨不过这窄窄的斑马线。

8月的对岸，我的思念是一树枫红，在秋雨中落英纷纷。

大雪不过午。

世界却成了一则银装素裹的童话。

田野像一张巨幅的白纸，铺开来，等待冬的运笔。

沿街的行道树披银挂箔，摇琼曳玉，浑然一幅单色的水印木刻。其刀锋遒劲，灵气夺目。

独自守着窗儿，望风雪归人，想故里的甬道上你踏雪而行的步履是匆匆还是踽踽。

雪令我坦然，雪令我酣眠。

是夜无梦。

你说地上有一个人，天上就有一颗星。

而我却觅不到你我的位置。

静凝蓝蓝的夜空，我的思绪如一只白鸽，飞着找寻莹莹的光亮。

总不见你的眼睛的湖投照我的羽翼。

我殷红的期待如枫落。

月何迟迟？尔何迟迟？

抛缕缕思绪为虹桥，会渡我过天河。

漆 侠
——

　　1988 年生人，甘肃漳县人，漳县人民法院党组成员、副院长、一级法官。2018 年被评为"全省三八红旗手"，2019 年被评为"全省法院先进个人"。

微笑的鱼

　　我拥有一只像狗一样忠心，猫一样贴心，像爱人一样深情的鱼。她始终带着微笑的表情。

——几米《微笑的鱼》

　　他是个不快乐的男子，穿着蓝色的风衣穿行于大街小巷，每天，他都会经过一家鱼店，遇见一条总是对他微笑的鱼。于是，故事开始，没有一句对白，没有一个文字，只有这条鱼陪着他，在他吃饭的时候，在他洗澡的时候，在他入睡的时候。他开始快乐起来，没有什么比陪伴更能让人安心。

　　夜晚，他的鱼穿过高楼林立，经过咖啡馆门口叮咚的风铃，跨过护城河对面的万家灯火，在一大片树林里，月亮很圆很亮，他想起了小时候熟悉的舞步，尽情地跳起来。

他和他的鱼在大海里游来游去，他躺在海面上让阳光晒着肚皮，他梦见自己囚游在四处透明却穿不过去的鱼缸里。梦醒后，他开始不快乐，囚游，囚，总是个让人无法快乐的字眼。

他送他的鱼回家，穿过树林时想起年少时爱唱的歌。他划着小船漂在海面上，认认真真地将鱼放进海里，就像他小学时第一次坐在课桌前一样虔诚。

这次，他睡得很安心，小鱼发出绿色的光，给了他一个吻。于是，他也变成了一条鱼，自由自在。

我们每个人都是一条鱼，一条被困的鱼。我们的时间总是被各种事情占据，工作、学习、出差，等等。忙碌，从未有过的放松，哪怕是假期，依然有着各种的顾虑忧思，从未真正放开心灵，真正地休息一下。

为了生存，为了生存得更好，攀比，浮华，侵蚀着每个人的心灵。

回归吧，虚浮的心，做一条自由自在的鱼，你的家在广阔的大海，美丽，开阔，而不是一个单调的鱼缸。

忽然而已

此刻，深夜，喧嚣的车鸣声和喋喋不休的人声都已经归隐，我依然清醒着，毫无倦意。

单位已经开始准备年终总结会了，而我，终于在各种拖沓后填完了年终考核表。这一年，忽然之间，忽然而已。

今天去某单位送材料，坐着环城公交对着窗外发呆，就这么一个小地方，至少有百分之九十五的店铺是我从来没去过的，好像有很久没有逛街了，好像总是在忙。这一年，忙，很忙，很忙很忙，这句话只说给自己听，算是给自己一个交代。又是一年蹉跎岁月，这一年，国产青春片如雨后春笋，我一次又一次在电影院感叹，电影里的青春好像跟我的完全不一样，却也会因为一句好久不见红了眼。电影终究是电影，记忆的沟壑都会被填平。生活呢？有人说遗憾频至、双脚踏空，有人说庆幸有你。

是从什么时候开始满足于生活中这样一个又一个的小确幸呢？这一年，忙到暴躁的时候没少甩过脸，谢谢单位的小伙伴们都没有嫌弃我依旧对我好，谢谢你们在我每次忙到要崩溃的时候替我分担了不少，在这不点名，感激。每年总结的时候都特别想感谢很多很多人，谢谢老漆同志和赵总理一如既往地爱我；感激身边的某些友友，给了我很多的温暖，让我一直需要也被需要着；感谢常常陪我吃饭陪我看电影的某朋友，谢谢你没有让我一个人消磨一段时光；感谢生命中所有的你们，让我始终内心满满。某些温暖，总是从你的身体某一侧切割进入，然后在你体内乱撞，最后包围你的所有内脏，你只能投降，不能言语。

我一直都觉得现在的自己过得比以前越来越好，越来越坚定。很多时候，我都会默默告诉自己现在的每一天都像是赚了一样。这样的满足不知道会不会有人懂，会不会有人觉得没追求。人，只要心里不空，便不会太艰难吧。这种感觉，就像是，被滚烫的小火星烧灼，从此有了灼痕；就像是，通透的玉石被摸了一把，就会充满灵气；就像是，被驯养过的小狐狸，从此一直背负念想。

还要说点什么呢。这一年，对于工作，抱怨过却也真的喜欢着，幸好有这份工作这份收入，让我能安慰自己想要上路的不安的灵魂，让我能在每个节日送自己一份心仪好久的礼物，让我能保有独立的尊严，让我被一些人认可肯定着，这样就好。对于一些必然不怎么看好我的人，我只能说，嗨，别偷看了，我过得好着呢也会越来越好。

一年光阴，寥寥数语便已词穷，早有人说"人生天地之间，若白驹之过隙，忽然而已"。

忽然而已……

除了爱我们什么也不会

一直以来都是习惯用文字涂鸦的，于是，我叫它们"字言自语"。突然扣上个这么庞大的题目，倍感压力，自觉浅薄，毫无立场说爱这样的话题。爱。不爱。告别。一直都在。

临睡前听广播，听到题目中这句话，更加无法安睡。除了爱，我们什么都不会，吗？兜兜转转，已经忘了有多少年没有讨厌过别人了呢，生活，避重就轻，写满满足，居然也全都满满是爱。

呃，突然想说说老爸老妈让我懂得的爱。老妈放在现在这样的时代，也算是个十足的女汉子了，老爸也乐得清闲，大事小事能不操心的一概不操心。小时候老爸常年在外地，全家人就很少团聚过，直到上大学后的这些年，吃个团圆饭才变成不是那么奢侈的事情。也是不多的团圆日子里，看见爸妈为了鸡毛蒜皮的事情争吵或者冷战，我问，别人家的爸爸妈妈是不是也是这样每天唠叨来唠叨去。老妈说家家都是这样，咱们家还算好的。去年，老妈一场大病，向来不会说贴己话的老爸突然就走起了暖男路线，在老妈病床前端饭喂药悉心照料一个多月，引得亲戚们对老妈各种羡慕。后来的老爸，变成一个很温和的人，或者一直都是我懂得太晚。老妈出院后，每天早晨天一亮，老爸立马起床烧水，然后一杯水端至老妈床头。让我感动的是只要他在家，一天都没有落过。这一年，我开始听到老爸偶尔会说老妈在家里很重要，我发现老爸回家只要老妈不在立马就打电话问去哪了。虽然，在他俩的嘴里，彼此还是会因为不满意而跟我唠叨对方几句。大概一周前的一天晚上，老爸不在，我跟老妈坐着东南西北地胡扯，居然说到子夜一点多。清楚地记得老妈说："跟你爸吵吵闹闹这么多年过来了，虽然我经常嫌弃他，但我一直明白，作为一个女人，这辈子能遇到你爸这样一个知冷知热的男人，我特别幸运……"忘了我是怎么接话的，只是心里涌着满满的感动。

之前带一个同事来家里玩，跟爸妈熟识之后，她跟我说觉得叔叔可好了，把你们娘几个维护得特别好……

时光，真是一个好的雕塑师。不管年轻时候的老爸有多么贪玩多么不会疼人，不管年轻时候的老妈是多么别扭多么倔强，最终，老爸变成了我现在看到的这样细心照顾我们全家人的老漆同志，老妈变成了现在这样唠叨越来越少满足越来越多的赵总理。这些变化，唯有感谢时光的手……

这么些年，老爸老妈帮我屏蔽掉的不美好太多太多，让我看到的美好太多太多，所以，对于生活，我一直满足。嗯，除了爱，我什么也不会，我们都不会……

睡前广播，听得又唠叨了一大串，总是有那么一个瞬间，会有特别特别多的话想说，又埋怨自己的词穷。

听到你们已经熟睡，安啦，my pretty sunshine.

王　群

1986 年生人，甘肃定西人，2011 年入职定西市公安局。2012 年入职漳县人民法院，现任监察室副主任。

巷

一

水磨巷，红砖石台、水渠路道都有，瓦房相接，呈"之"字蜿蜒而行。老屋木椽，电线织了网，春夏多有鸟儿扶线而立。布谷鸟、喜鹊、燕子、麻雀鸣叫清脆，花猫蹿上屋顶，踩着长了绿苔的灰瓦。看家护院的黑子、虎子、阿豹、花背，毛色油亮，它们拴在院里，扯着链子要去追花园里的蝴蝶。铁链摩擦着拖地而响，汪汪们吓跑了蝴蝶，偶尔也会都给放出去，在巷子里撒欢狂奔。

二

豆角藤顺着木架疯似的攀爬，铁匠家的梨花树每年都开，茂过高高的屋顶，花像粉色的雪，一层一层，不可胜收地绽放。每到结果前要落花的时候，花瓣就一起落，在空中跳着舞，撑着粉色的裙摆，落在大公鸡的翅膀上，落在狗窝前，落在院外的巷子里。等风过了，吹起梨花，淡淡地铺满巷子，像极了唯美的画，似真似幻。

三

王家、李家、张家各家的门洞前，都留出一小块三四尺的地界来，各家上了年纪的老汉、婆婆都要搬个凳子坐在门洞前，脚下放个筐箩，筐箩里装着麻绳、花线、剪刀、顶针，还有半成品的鞋底鞋面、荷包、虎头枕，婆婆们聊着闲话拉着家常，纳着鞋底，缝着荷包，她们头发花白，满脸寿斑，豁豁牙露着风，笑声响起。老汉们叼着的旱烟在烟火的灼烧下，滋滋地发着热，红色的火星子，浓重的旱烟味，烟卷着圈，又伸长了，变了形态，由浓到浅，消失不见，这情景是电影，又好像不是，它穿插在我前30年的记忆里，矗立不倒，根深蒂固。

四

水磨巷里，我家的院子很大，朱红大门，砖木堂屋，土炕套间，炉火灶台。我们四姊妹在这里长大、玩耍，在这里和李家的蛋蛋、双胞胎一起游击战过，红领巾勒在额头上，前院后院地不停奔袭，向日葵在身边呼啸着飞过，肥绿的叶子扫过脸颊。门牌号从西河村148号到水磨巷31号，我都把它刻在记忆里，妈说放学了就回家，别贪玩。就这样30年过去，朱红大门褪色了，当年的孩子也长大了，之前的快乐如小河般流淌，湿润了童年的土壤。

五

我有个长凳，躺着正好能撑着我的身子，是我爸专门给我做的，我说我要躺在长凳上看云彩、飞虫和星星。每天写完作业，扔了书本，我就拉着长凳，摆在院子的最中间，躺在长凳上，云走着，我盯着它看，眼睛跟着它走，感觉心也在走啊，走啊，看着看着，就晕起来了。我喊着我妈，说我要跟着云走了，一直一直，直到看到云变了形状，兔子变成了老虎，老虎变成了马，马变成了不认识的动物，直到天色灰了，那一团圆圆的火球藏在山的脊背后，我才会结束我对天空和宇宙的学习，然后怀着忐忑不安的好奇昏昏睡去……

六

我妈拉着我的手，拉得很紧，走在巷子里，这是夏天的夜晚，我妈给我扎了我最喜欢的小辫。巷子两边的屋子挤出了一线天，透过一线天，就是繁星绰绰，大的小的红的黄的，星星闪闪，天真的是一块蓝黑色的大大的布，印着珍珠似的星星，那时候我眼里的星星是彩色的，我独一无二的凡·高的星空。妈妈把我拉得愈来愈紧，我能感觉到她的汗渗入我的骨头，暖暖的爱的紧张。我想着我长大了要当科学家，我要飞到天上去，看看星星为什么眨眼，让我这么魂牵梦萦，并在儿时就伤感，为了星星，为了妈妈……

七

三层、四层、五层，水磨巷两排的房子一年高过一年。琉璃的，玻璃的，各种各样的房子拔地而起，它们像英雄一样，披红挂花，唯独不见了老房，不见了花猫，狗也不见了。豆角很努力地爬着，可总是爬不过水泥和琉璃的冰冷。老铁匠家的梨花树也被砍掉了，我家的花园也拆了，铺了蓝色和黄色的地砖，长凳也不知道被收拾到哪个角落了，再也没有在院子里看过云和飞虫了。唯独未变的是一线天还在，却又一丝天外，繁星绰绰，闪闪发光……

八

我总是让记忆停留在儿时的水磨巷，几十年间，它陪走了多少老人，笸箩成了过去，布鞋成了文物，荷包里填满了香草，可老人们不在了，他们填满了水磨巷，填满了这个可爱的世界，却也走得悄无声息。他们未曾填满别人的生活，别人的回望……

九

我依旧走在水磨巷，只是 30 年过去了。穿行其中，触摸记忆，似乎花猫又跳上了灰瓦房，藤蔓植物攀爬在粗糙的墙皮之上，白云流走，后来的云都有了形状，兔子、老虎、马，每个飞虫都不孤单，虎子和花豹撒欢回了家，筐箩收起，依旧是旱烟的味道，由浅到浓，我躺在长凳上，数起星星，一线天外，影影绰绰……

哦，我的可爱的水磨巷……

窦学真

1970 年生人，甘肃漳县人，漳县法院审判委员会委员、一级法官。出版有个人文集《青杏集》，长篇小说《鸽子山》，长篇小说《雏菊》待出版。

品读露骨山

露骨山是一首隽永悠长的诗篇；

露骨山是一副横亘在苍茫历史中色彩斑斓的画卷；

露骨山是一座博大精深的浩瀚卷帙……

露骨山是一座令人仰望的山，它岿然耸立于漳县西部的苍茫群山之中。她峰势高峻，积雪盛夏不消，精明耀目，晦暝之夜，映烛如画。她将青藏高原、黄土高原链接在一起，并与秦岭西端相衔接，伟岸高峻，磊落不群，遗世独立，直插天宇。

现存的几部《漳县志》无一例外地都把露骨山作为漳县八景之一纳入漳县的版图，并给了她很有诗意的名字——露骨山，露骨堆银。相邻的渭源县在凑渭源八景的时候，也毫不犹豫，把露骨山写了进去，名之曰露骨积雪。不过渭源文人墨客在对露骨山命名的时候，用写实的笔法草草了事，就少了漳县八景中的诗意。

1. 透过古人的目光仰视

山展现给人们的总是沉默的一面，默默无言，将许多往事隐藏在不为人知的角落里，我们只能透过古人独特的视角，寻找她的蛛丝马迹。

寒雪经年积翠微，群峰高并白云齐，

光连西北昆仑远，势接东南泰华低。

古寺几间苔藓合，老松无数野猿啼，

深岩数日闻钟响，知有幽人夜指迷。

这是明代兵部尚书王竑吟咏露骨山的诗篇，诗里寒雪经年、群峰入云、古寺幽闭、老松野猿等一系列物象勾勒出露骨山山高路险、寺幽人少的苍凉景象。当然也有人说这首诗是咏太白山的，在《历代文人吟咏临夏诗词选》中，题名《雪山》。《重修漳县志》记载，露骨山在城西 70 里，盛暑积雪，亦名雪山。且临夏与露骨山的直线距离并不遥远，该诗是写漳县之露骨山可见一斑。有人质疑，露骨山并无寺院，诗中出现的"古寺几间"作何解释？根据漳县的民间传说，露骨山应该是有寺院的，据说寺院在搬迁前，有一大钟遗失在山崖间。几年前，漳县金钟的几位老人出资悬赏寻找该大钟，但一直没有结果。根据王竑在诗中的描述，至少在明代以前，山上是有寺院的。据说，露骨山的雪山太子庙被雪山太子搬迁到了陇西的雪山，陇西碧岩乡雪山的名字就产生于此，但目前雪山有无寺院，我没有考证，就不得而知了。相传在寺院搬迁过程中，一根椽遗落在金钟镇扎树村，后人据此修建了雪山庙，遗址就在今天的金钟中学。

生成傲骨永如斯，露出堂堂太白姿。

遥望山巅频积雪，登临路径犹崎岖。

盘桓笔石拖寒雾，磊落雄峰卷洁池。

不改千秋朴素态，常留后世共称奇。

吴镇（1721－1797），甘肃临洮人，字信辰，一字士安，号松崖，别号松花道人。乾隆三十四年举人，历任山东陵县知县，累官湖南沅州知府。该诗表明，在诗人登临时，该寺院已了无痕迹了，诗人用写实的笔法，描写了露骨山傲骨屹立、山巅雪深、道路险峻、雄峰如银的绝佳景象。

积雪在崖巘，光华向日新。

分明六出瑞，自有色如银。

——《武阳志·露骨堆银》

寒光期夏日，素彩烁天河。

自笑经过客，想看羿易旛。

——《雪岭》

《武阳志》中描写露骨山的诗句，产生的时代应该不会过于久远。《雪岭》一诗，一说是释宗泐创作的，一说是宋代的游师雄创作的。但通过该诗篇，我们可以想象1000年前，露骨山风物的一斑。游师雄（1037—1097），武功人，字景叔，曾任提点秦风路刑狱。在种谊生擒鬼章王的战役中，他是见证者。无论岷州古城，抑或遮阳堡中，每每抬头，总能望见露骨山的卓然丰姿。而释宗泐曾取经印度，露骨山作为丝绸之路的明珠曾来拜谒，也未为可知。

2. 她从神话中走来

晴日里，从漳县县城西望，透过重峦叠嶂，云遮雾绕之中，露骨山以其特有的阳刚之美展现着其卓尔不群的秀姿。这样的景象极容易跟神话故事联系在一起。

露骨山有神？神是何许人？许多人说，露骨山的山神就是雪山太子。雪山太子是谁？历史上有无其人？我询问过一些当地很有影响力的老人，对此都没有准确的说法。百度里说：

露骨山是神山，山顶的悬崖洞里，有一位"雪山太子"。相传很久以前，这山上赤日炎炎，把满山草木烧焦了，水烧干了，连石头都烧成了白花花的石灰，裸露在地表，附近农民难以生活，离乡背井。玉皇大帝得知后，即派太子下凡来到山上，遍洒甘露，从此积雪不消，流水潺潺，嫩绿的牧草长满草原，流离他乡的百姓重返家园，过着安居乐业的农牧生活，人们便在山崖上凿石开洞，修了雪山太子庙，以示纪念。

这个传说很是牵强。我问过当地很有威望的老者，老者说，传说，就是有人臆造了，有人添加了，有人口口相传了，这样就传了下来。我不认同这个说法。还有一种说法是，露骨山雪山太子，就是秦始皇的长子扶苏。当时，扶苏与蒙恬受命狙击匈奴，在露骨山周边同匈奴作战，弹尽粮绝后战死。将士们死后，白骨就化为白色山石，扶苏和妃子则升仙而去，山因此而得名露骨山。扶苏不是战死的，是自杀的，自杀的原因是源于他的忠厚。《史记》中这样记载：

于是乃相与谋，诈为受始皇诏丞相，立子胡亥为太子。更为书赐长子扶苏。……使者至，发书，扶苏泣，入内舍，欲自杀。蒙恬止扶苏曰："陛下居外，未立太子，使臣将三十万众守边，公子为监，此天下重任也。今一使者来，即自杀，安知其非诈？请复请，复请而后死，未暮也。"使者数趣之。扶苏为人仁，谓蒙恬曰："父而赐子死，尚安复请！"即自杀。

《史记》在《秦始皇传》里同时记载了秦始皇二十七年西巡至鸡头山（今平凉崆峒山），秦长城的西端也在甘肃临洮的洮水边，从这里可以看出，露骨山一带秦时就属于边地。那么蒙恬和扶苏筑长城的地方或许就在这里也未为可知。秦始皇是伟人，他一生最失败的莫过于把儿子培养成一个唯命是从迂腐的人，迂腐到不加辨别就遵命自尽，这是大秦的悲哀，也是历史的悲哀。历史的悲哀却是露骨山的大幸，唯有仁慈的扶苏才能庇佑这一方民众，繁衍生息，过一种桃花源式的日子。

与雪山太子的仁慈相矛盾的是，露骨山上还有一个"妖魔池"，又名叫"龙秋池"的，《重修漳县志》说它"祷雨辄灵"。那是一汪浮着墨绿色水藻的深潭，相传里面住着一个妖魔——蟒蛇精。每当山下庄稼成熟的季节，蟒蛇精便呼风唤雨，发起冰雹，将庄稼打得颗粒无收。有峨眉道人带着徒弟千里追寻，终于找到该蟒蛇精的踪迹。道人在潭边作法，然后赤身裸体跃入深潭，与蟒蛇精搏斗。他在入潭前反复告诫弟子，看见潭水里伸出人的手后，就将宝剑递过来，反之就不要。道人入潭后，顷刻间浊浪翻滚，妖雾弥漫，道人的徒弟看得眼花缭乱，突然看见有一只手伸出来后，也未加辨别，就把宝剑递了过去。突然，水面上血迹一片，很快道人的尸体从潭水中浮了上来。徒弟只好草草埋葬了师傅，立志发奋修行，若干年后，他只身再次来到露骨山。

他叼着旱烟锅，绕着潭水作法，潭水不平静了。微浪涌起，慢慢地翻起了黑色的浊浪，潭水似乎沸腾了起来。道人依然没有停歇的意思，他把旱烟锅烧得通红后，猛得将烟灰倒入潭水中，潭水沸腾了起来。接着他又把一把银针撒入潭水中，一声沉闷的叫声响起，一条巨大的蟒蛇眼睛里流着血，惨烈地叫着，向东北方向逃遁而去。随后风平浪静，露骨山的周边从此迎来了属于她的安逸日子。此后，就有了聋罗汉取雨的故事，因为年代较近，流传甚广，不再赘述。

向为了人间正道勇于赴难的道士致敬！这个故事同时也昭示世人，邪恶终究是邪恶，是不能永远作威作福的。

3. 喋血露骨山

露骨山前月色高，夜闻胡骑在临洮。

将军为挂平羌印，独倚长虹看宝刀。

露骨月色，应该是清冽的，皎洁如银，带着丝丝寒气，纯净到不含一缕纤尘。这首明代诗人回顾露骨山之战的诗作，描写了在战事吃紧、胡骑进犯的情况下，一位民族英雄积极备战，欲为国效力的情景。露骨山有战事？露骨山下生活的人都喜欢秦腔，那一嗓子高亢雄浑粗犷的腔调，把村民豪放、阳刚的个性表现得淋漓尽致。秦腔里唱得最多的是杨家将的故事，《穆桂英挂帅》《金沙滩》《辕门斩子》等剧目，唱戏的唱得热血沸腾，看戏的听得津津有味，酣畅淋漓。但王韶、苗授他们横扫西北、开疆拓土、喋血定边的丰功伟绩却在秦腔里找不到蛛丝马迹。在露骨山，道士征服瞎蟒，仅仅是传说故事，但王韶征服吐蕃过程中发生的露骨山之战，作为著名的战役，则在中国历史上把露骨山重重地写上了一笔。

登上海拔3941米高度的露骨峰，隐隐约约可以看到日新月异的周边各县县城，也可以感受高山牧场上牛羊自由自在游荡的闲适恬静的气氛。牧民的牦牛在桌儿坪广袤的草场上追逐，在暖暖的日光里反刍，在龙湫池边静静地吃草，但就是找不到昔年战争的痕迹。也难怪，在这雨水充沛的高山草场，那些遗失的箭镞都陆续氧化在苍茫的历史之中。箭镞是氧化了，但鲜活的历史和战士的斑斑血迹，总是挥之不去。

"雪山州西南百五十里，接洮州蕃界。四时皆有积雪，一名雪岭。又山石如骨露，一名露骨山。宋熙宁六年，王韶复河州，会洮岷降羌复叛，韶回军击之，吐蕃木征遂据河州。韶进破阿诺木藏城，穿露骨山，南入洮州境。道狭隘，释马徒行，木征复自河州尾官军，韶击走之，即此。"（《读史方舆纪要》）

不过，谈起王韶的露骨山奔袭之战，不得不提起他的副将苗授，应该说，如果没有苗授的露骨山之战，王韶的露骨山穿越就是一句空话。苗授是王韶的副将，是一个有胆识的军事家，优秀的指挥官。王韶统领的时候，苗授是先锋，在攻破香子城，拔去河府的战役中，充分展现了其军事奇才。在他复知河州后，他的副将李宪在露骨山征讨生羌，斩首万级，抓获了吐蕃的大首领泠鸡朴，羌族十万七千帐内附，威震洮西。

读到这段历史的时候，感觉阵阵阴风从后脊梁骨而起：斩首万级是什么概念？在冷兵器时代，血流成河，尸横遍野，刀枪箭镞杂陈，整个露骨山飘荡着不散的阴魂。将军的奇功就是用这些血肉之躯的白骨垒成。但对于积弱的北宋，露骨山之战为其涂上了些许勇武和阳刚的色彩，就此在历史上留下了最辉煌的一页。就露骨山人来说，应该记住历史，记住那些曾经为露骨山的安宁献出年轻生命的将军和名不见经传的普通战士，口口相传，把他们的丰功伟绩告诉我们的后人，明白和平的来之不易。

有人质疑，此露骨山并不是宋史中的露骨山，我颇不以为然。露骨山地处熙、河、洮、岷、通之要冲，其地理位置恰好与宋史的描述相吻合。渭源县开辟的双石门景区的石崖上，依然能找到王韶奔袭时留下的栈道痕迹，当年镇守岷州的军事将领游师雄的诗，更是无可辩驳的史实。

4. 风物长宜放眼量

露骨山是漳县漳河的发源地，山体储水量相当于 300 万立方米的水库。山上有羚牛、猞猁、兰马鸡、梅花鹿等 10 多种稀有动物，并有冬虫夏草、贝母、三七、野党参、黄芪等百十种珍贵药材。云杉、红桦、古柏屹立在山间，并有灌木林、草场、湿地、天池等多种自然地形，露骨堆银是漳县的一处独特美景。

草长莺飞，露骨山又迎来了她多姿多彩的夏季。准确地说，露骨山季节单一，没有明显的春秋季节，只有冬夏。夏天的露骨山是鲜活的山，成群结队的牦牛宁静地栖息；采药人嘹亮的野花儿此起彼伏，令人遐思不断；格桑花和一些不知名的小花儿静静地开着，展现着最美丽的自己。蝴蝶们盯着花儿，时而曼舞，时而啜饮花露和琼浆，沉浸在这种氛围里很是惬意。

露骨山最令人惬意的远不止这些，这些似乎都是为诗人准备的，而我不是诗人。我多次踏进露骨山的原因，是琳琅满目的中药材。夏初周末，像我一样背着干粮，寻找中草药的学子们层出不穷。撩拨人心扉的山歌，总不能引开贼一样在无数杂草中寻找的眼睛。看见那翩翩起舞的蝴蝶了吗，在明年的春天，她或许就作为虫草的幼虫被采掘者纳入囊中。还有贝母，岷贝可是中药材中的上品，有化痰降气、止咳解郁等多重功效，露骨山下的无数学子，就是靠着这些草药，圆着自己求学的梦。这样的山，这样的水，造就了无数优秀的露骨山人。

1994 年冬月，露骨山雄浑的钟声吸引来一位尊贵的北京客人——中国青年报记者董月玲女士。她冒着寒风大雪来到甘肃漳县一个偏僻而名不见经传的小镇——金钟。与金钟文学社社长杨引丛及那些泥腿子文友们进行了一次亲切的畅谈。青年们的激情感染着她……不久，中国青年报以整版的篇幅介绍了金钟文学社的事迹。从此，回荡在山沟沟里的钟声，悠悠扬扬，飘荡在神州大地上。

1999年，侯新民，一个山沟沟里的农家子弟，以他无私的奉献精神，摘取了全国10大杰出青年的桂冠。

2007年，华中农业大学园艺林学学院院长、教授、博士生导师包满珠，分享诺贝尔和平奖。

······

露骨山以其阳刚之美，赋予生活在这块土地上的人们坚韧不拔、自强不息、办事认真、不轻易为困难屈服的品质。漳县其他地方的人对该地人的印象都是诚实厚道，热情好客，办事直来直去，不会转弯抹角。这几年里，残疾青年杨引丛和他的金钟文学社，侯新民、乔永峰和他们的斜坡希望小学把该地推向全国。凡是露骨山出来求学的学子，都给外人留下刻苦好学的良好印象。

这几年里，随着经济的发展，露骨山神秘的面纱也逐渐向世人揭开。渭源县政府开辟的双石门风景区；漳县旅游局开发的雷公峡风景区，吸引了无数南来北往的游客。但这些，尚不足露骨山的十分之一。相信在不久的将来，巍巍露骨山、滔滔漳河水，将成就露骨山人心里的梦想和希望。勤劳、朴实、善良的露骨山人，将用他们的双手书写出更加绚丽的篇章。

早晨这些时光

晨曦逆着漳河，逐渐向西迈进，惨淡的星星无可奈何地慢慢退出了广袤的天空。云层被日光着了色，把东边的天际染成绯红。应该说，这个情景就是武阳的黎明，积极、健康、向上，那些和天平结缘的人，在黎明里开始追梦。

白天应对错综复杂的各类案件，面对哀怨的、楚楚可怜的、飞扬跋扈的、怀疑一切的当事人，身心俱疲。早上是可以继续酣睡的，不惑之年，能睡着也是福。当然睡得最踏实的应该说是单位上的年轻人，白天奔波，晚上紧绷神经看欧美 NBA 赛事，看世界杯，也难为了他们。向往多梦的年龄，但已经不属于自己，凌晨 4 点醒来，5 点多起床已经成了雷打不动的规律。

单位的静寂随着晨曦的铺开，也被河风吹得了无痕迹。最早到单位的篮球队的球员，独自练习三步上篮或者三分球的远投，球与球板重重撞击的声音，搅扰小伙子们的清梦。这声音是号角，这声音是命令！揉揉惺忪的睡眼，也顾不上洗脸，就很自然地加入到里面来，或中锋，或后卫，不管在哪个位置，都虎虎生风，果敢勇猛。

太阳从青阳山的山巅一跃而出，黎明瞬间成了遥远的过去。经常练习长跑的，步履轻盈，环园奔袭，一圈，又一圈。迟来者不时加入，早到者陆续退出，队伍在壮大也在消减。打太极的并不是老态龙钟的长者，其中不乏精神矍铄的小伙，以及亭亭玉立的美女，在花圃前一字排开，伴随着轻柔的古典旋律，从起式开始，时而白鹤亮翅，时而手挥琵琶，闪转腾挪，吐故纳新，很是投入。羽毛球开打了，平素看起来柔弱的法官，拿起球拍来，顿时显得成熟老练，生龙活虎，进退自如，心随羽动，不是比赛，但沉着冷静，绝不含糊。

　　许多时候我更愿做一个旁观者，冷眼居于场外。漫步在花圃小径，看带露的花儿绽放，是我的常态。总觉得有许多问题要思考，从家到单位的路上红绿灯交替，大小车辆混杂，时时处于紧张状态，注意力分配给各路感觉，诗情画意的灵感都远我而去。这花圃则是天然的氧吧，踏进去心旷神怡，思绪是小时候煤油灯上跳跃的小火苗，撩拨得人才思泉涌。花圃中的花似乎没有开罢的时候，许多花儿我根本就叫不上名字，想要赘述其实也很难。不是色盲，但对于颜色缺乏研究，看一朵花很靓，但要描述出来却很难。好在现在手机有摄像功能，从不同角度拍摄一朵花，瞬间就到了网络另一端的朋友手中。

　　格桑花原本是青藏高原的贵宾，在这里更是大显身手，让土著的一些花花草草无地自容；当然月季也不甘示弱，每一朵都开得雍容华贵，大度从容。三叶草疯长着，斜拉拉从花园里冲出来，占了一半的路径，花开得虽然没有月季鲜艳，没有格桑花的烂漫，但也枝繁叶茂，占据了花圃最最核心的部分；菊花怒放，是否得陶渊明赏过无从得知，在花圃的一角，连成一片，招惹多情的蝴蝶、蜜蜂光临。记得黄巢说："他年我若为青帝，报与桃花一处开。"这个梦，已经不再是梦。

　　露是最最洁净的东西。一滴露珠，倒映着一朵娇艳的花，晶莹剔透，形象逼真。露结叶畔，双手掬起，花的芬芳随之弥漫。今年玉兰树只开了一朵白色的花，少是少了，但别有韵味。估计明年的春天，会有很多很多的花，点缀这个花圃。今年樱花开得也很一般，不过根须已经扎进土壤了，我们只需等待春天就是。

　　当然并不是每个日子都万里晴空，乌云翻滚、阴风怒号、电闪雷鸣的日子，蜜蜂不来采蜜了，蝴蝶不来曼舞了，唯有花儿们不为所动，尽情恣意地开着，迎接又一个黎明。这样的日子，不管是晨练者抑或赏花人，都只能蜗居在办公室里，慢慢翻看着卷宗，听任风雨之声在室外交集。

　　从起床到上班前的两个小时，过得总是匆匆。就是在这匆匆里，他们养精蓄锐，以愉悦的心态踏上一天的征程。

柳湖说柳

柳湖的风景，被作家贾平凹登高一瞥，就尽收在那篇著名的散文《柳湖》之中了。尽管我到柳湖的时候，也是骤雨初歇，柳湖之中氤氲着淡淡的柳烟，但因为崔颢题诗的缘故，要平庸的我再写出什么，已经是不可能的了。我只好从作家的文字里，拾人牙慧，作为我的立意。

谈柳湖，当然离不开柳。柳湖的柳，在作家的笔下就是西北汉子。"柳在别处是婀娜形象，在此却刚健，它不是女儿的，是伟岸的丈夫，皆高达数十丈"，对此形象，我也只能仰视之。柳树从古到今，在芸芸众生心目中，其形象应该是高大上的，上至王公大臣，下至黎民百姓，都对它喜爱有加。春秋时，有个柳下惠，原来不姓柳，因为很爱柳才改姓，于是，他的后代都姓柳了；东晋陶渊明，特意在堂前栽了五棵柳树，自号"五柳先生"，在陶渊明眼里，除了菊花和柳树，还有什么能让其动心呢？北宋欧阳修曾在扬州平山溏掘土种植柳树，人称"欧公柳"；晚清重臣左宗棠，在经略平凉期间，对柳湖情有独钟，闲暇之余，种树栽柳，乐此不疲。他带领湘军收复新疆时，"新栽杨柳三千里，引得春风度玉门"，足见其爱柳情深。更让人啼笑皆非的是，隋炀帝竟然给柳树赐姓"杨"，对柳之爱，跃然纸上。

宋代插柳、戴柳条圈则含有愿春色长留人间，永葆青春的意思，表现了人们珍惜春光的良好心愿。"有心栽花花不发，无心插柳柳成荫"，柳是很容易扦插的树种，又是极易长大的速生树木，可谓生机蓬勃，戴柳又有前程发达之意。宋人吴惟信在《苏堤清明即事》中写道："梨花风起正清明，游子寻春半出城。日暮笙歌收拾去，万株杨柳属流莺。"我的故乡，清明时节，柳枝叶小芽嫩，但到了端午节，家家户户都要带露折柳，插满门户。古人送别，总爱折柳相赠，大概是因为柳树易生速长，用它送友意味着无论漂泊何方都能枝繁叶茂，而纤柔细软的柳丝则象征着绵绵情意。诗经中有"昔我往矣，杨柳依依；今我来思，雨雪霏霏"的佳句，刘禹锡在友人送别时，看到"杨柳青青"，体会到了朋友之间绵延的情谊……柳永在杨柳岸作别相知的朋友，独对晓风残月伤神。

柳树刚柔相济，以应中和，在古今文人眼中，"含精灵而聚生"，是"精灵之所钟"，是"情思缠绵"的意向，但作家在文末却说，"在这时我才有所理解了这些低贱的柳树，正因为低贱，才在空中生出一个湖，在地下延长一个湖，将它们美丽的绿的情思和理想充满这天地宇宙"。

我一头雾水，不知道作家要表达什么了。我以为，世间万物本无高低贵贱之分，陶潜的爱菊，周敦颐的爱莲，是菊和莲某些品质与他们在精神上产生了契合。《诗经》里有这样的句子，"自牧馈荑，洵美且异，匪女之为美，美人之贻"，柳树的"低贱"，也许是缺乏发现他高贵品质的眼睛，缺乏颂扬的文章而已。

丁香花

当我醒来的时候，一股浓郁的花香弥漫着整个病房，揉揉惺忪的睡眼，则发现床头多了一束丁香。

这丁香并不妖艳，插在昨天废弃的矿泉水瓶子里，散发出的浓浓香味瞬时遮住了病房里无法挥去的沉积的药味。趿着鞋子站在窗口，一缕和风吹了进来，窗外笼罩黄土地的只有明晃晃的太阳，楼下有车流行进。

病友说这丁香是在院子里的花圃里偷偷折来的，既然院子里有，我可以直接去看看。医院不是太大，很快我就在门诊大楼前找到了她。

从戴望舒的诗里认识丁香已经多年，由于家乡海拔高的缘故，一直无从一睹此花的芳泽。偶然遇到了，却没有找到丁香的愁怨，无法把她与雨巷中的姑娘相提并论。

丁香花是素雅的，拥有天国之花的光荣称号，她那淡紫的小花，常常不为人所注目，明代诗人吴宽遇到了，称其"枝头缀紫粟，旖旎香非轻"，可见其香之浓郁，自古以来就被世人倍加珍视。

今天以前，我对丁香之认识，一直停留在纸面上。也曾近距离看过一种叫"林贝"的花，现在想来，其香与今天园中植物很是近似，可惜那时并不知道这就是丁香，是古老的丁香家族成员，只是未登大雅之堂。林贝的叶子奇苦，曾经被人一句"林贝叶子厚，嚼也嚼不透"诱骗，差点做了新时代的神农氏。

"独坐空山思五陵，丁香花发又逢春"。至今我不了解丁香，我也不知道丁香的愁怨在哪里。和风轻吹，一脸病容的我，站在花丛中间，沐浴花之芬芳。丁香的叶子一团团一簇簇拥抱在一起，像一个个碧绿的桃子，紫色的丁香花在这些叶子中间露出了头，层层叠叠的花穗由一朵朵精致的小花组成，绽放的花朵与含苞欲放的花朵，已经凋谢的花朵，交相辉映，阵势严整。她没有牡丹的雍容华贵，没有玉兰的亭亭玉立，但她以她的安静、优雅、靓丽征服一切文人墨客，清风吹来，馨香四溢……

"殷勤解却丁香结，纵放繁枝散诞春"，百度了才知道，丁香结是丁香的花苞，与人的愁心极其相似，"青鸟不传云外信，丁香空结雨中愁"，至此我才明白戴望舒的"愁怨"意向，好在今天天气晴明，我的心情同样明朗，在这晚春的早晨，沐浴着晨风，陶醉在花香之中。

失眠之夜

我又开始数羊了，一只羊、两只羊、三只羊……数到一万只羊的时候，期待的睡意并没有如期而至。

失眠的征兆——在睡前总是有浓浓的睡意，而当你躺下了的时候，它却像恶作剧的孩子，一下子消失得无踪无影。这段时间里，我是饱受了失眠的苦痛：晚饭一吃罢，新闻联播还没结束，睡意就如中秋的钱塘江潮，一波连着一波，不断袭来。甚至等不到电热毯热了，关了电视，关了手机，直接钻到被窝里，想美美地做个梦，一洗白天的疲劳。睡意是有了，但能不能入睡则很难说。就如久旱的夏日，赤日炎炎，没有一丝风，连空气也凝固了，忽然间浓云密布，眼看马上就要下雨了，结果一阵风吹来，云开雾散，火红的太阳毫不留情地嘲笑你，烤晒你。躺下了，睡意跟自己捉起了迷藏，昏昏沉沉的大脑一与枕头接触，马上就变得兴奋起来。

数羊不管用，读书未必是好办法。我发现，在失眠的路上，读书并不能摒弃思维中的杂念，让内心澄澈、静谧起来。睡不着，在书架上抽出一本艰涩难懂的文字咀嚼，初始的时候还兴味盎然，沉浸在中华文明的博大精深里，但不一会儿就头昏脑涨，眼睛干涩，字都在发黄的书页上跳着舞蹈，迷离的眼神怎么也捕捉不到文字的信息，只好合上书，盯着天花板，看围棋棋盘一样的格局。倒是一本通俗的言情小说，翻着翻着，一下子推去了一个多小时的光阴，可叹睡意并没有奇迹般出现。看表，方子夜一点多光景。

睡不着，就钻牛角尖。调解案子的时候，眼见着就要马到成功，原告因为诉讼费的分担大吵大闹，弄得不欢而散。等到想要松一口气的时候，原告却又来要按照原来的意见调解，而被告已经搭上回乡下的班车。最可笑的是蔺老头，把路上捎了自己女儿的小伙子胖揍一顿，反倒说是小伙子勾引他女儿……"雷锋"都挨打了，看来这个世界真是好人难做。

失眠占用了过多做梦的时间，以致梦无法做下去。人们都用"白日做梦"来形容不切实际，好高骛远。实际上，在失眠的时候，更容易天马行空般空想。有时候小说中荒诞的情节也融入思维中，越想大脑越清醒，忽然间自己成了百万富翁，忽然间又是飞檐走壁的大侠，情绪高昂。在失眠的时候，自己成为黑夜的一份子，和黑夜完完全全融合在了一起，甚至忽视了日月星辰的存在，忽视了四季的轮回。这个时候，思维非常活跃，宇宙的问题，人生的问题，可以咀嚼微世界的一些东西。

失眠中我甚至掌握了老鼠的活动规律，凌晨开始，应该就是鼠国的运动会，运动员们在天花板上面进行着激烈的角逐，雷鸣一般的狂奔声、撕咬声不断冲击耳膜，拉开灯，顿时就寂寂然了。一关上灯，运动会再次开始，让人无可奈何。

天花板黑魆魆的，似乎有鬼在活动。窗户没有亮的意思，风声传来，雨声传来，鸡鸣声传来，孩子的尖叫声传来，我知道该起床了……

张　翔

　　1993 年生人，甘肃漳县人，漳县人民法院审判管理办公室书记员，定西市作家协会会员，定西市摄影家协会会员。2019 年文学作品《老犬》与摄影作品《夏田影韵》分别入选定西市庆祝中华人民共和国成立 70 周年征文与摄影大赛；2020 年摄影作品荣获甘肃省"两法官协会"庆祝中华人民共和国成立 70 周年电子文化艺术作品展评比优秀奖。

生命的小巷（外一篇）

　　我家的小巷，从记忆初的泥土石子路，到后来的水泥路；从一下雨踏出一段稀稀疏疏的泥水声，到现在坐在车里听着窗外的唰唰雨声；从东西邻里的随意串门，到现在添加的许多新鲜面孔；小巷似乎如我们一般从未停止长大。

　　童年记忆里的小巷很长很长，长到看见了那一排高峻挺拔的白杨树才知道离家不远了，每每路过那排白杨树，父亲总会不经意唱起那句"一棵小白杨，长在哨所旁……"那是长在食品厂院子里的几棵散树，记忆之初就分外高大，还记得厂子门前有一小段的水泥地，若是冬天下了雪，那雪便会消融、结冰，我们父子二人一同走过，父亲常会滑上一步，还不忘回头看我一眼，我自然也会跟上滑，但常常需要好几步。

　　那时候家里养着一只狼狗，我们每次走到此处狗儿便会兴奋地叫着，不一会儿系着围裙的奶奶便会出门迎我们。父亲依旧迈着很大的步子，而我便会开心地跑过去抱住奶奶，奶奶拉着我的手走进家门，而父亲依旧是迈着很大的步子，一个人潇洒地走着。

那时候我们父子同行，他常常走我前面，总会回头看我，但记忆中我好像并不会回头看看父亲，我总要费很大的力气才能赶上父亲的脚步，又要费更大的力气才能超过父亲的脚步，这一路走下来，我似乎从未担心父亲会跟不上，直到有那么一天，我脚步稳健，像那时候的父亲一样迈得很大很大，而父亲不知不觉却慢了下来。

儿时的我极为顽皮，母亲虽然慈祥温和，但偶尔也会气不过打我，但更多的则是编造一些"鬼话"吓唬我，例如"再调皮今晚把你带到巷子那头的鸿沟里，让大灰狼把你带走""你本来就是鸿沟垃圾站那边捡来的孩子，再不听话就把你送回去"。前段时间母亲还说我可以一本正经地编瞎话，而我俏皮地笑笑，来了一句"关键还是您教得好"。我能深深感受到家人对我的疼爱，自然知道母亲只是说说而已，才舍不得把我送回去，但关于自己来自哪里这个问题，有那么一段时间是真的有过怀疑。

记得是在五六岁的时候，我经常会去想如果他们把我送回去，我该怎么活下去，那时候对于生活的理解十分单纯，认为只要饿不死就可以了。为此还心事重重地问过爷爷，这个问题一下子提起了老爷子的兴趣，从他十四五岁跟随曾祖父去 L 市打工讲到如何在 Z 县参加工作，从 20 世纪 60 年代的困难时期讲到改革开放，那个时候的我是听不懂的，内心是很迷茫的。老爷子似乎是看懂了我的无奈，慈祥地看着我，把我抱到怀里告诉我："现在的社会这么好，以后肯定是不会挨饿，你个小娃娃想这些干啥。"我似懂非懂地点了点头，就又跑去玩了。

现在回想起来，其实每个人的童年或许都有些烦恼，等过了那个年纪再去看，又觉得十分可笑，我们常常因为这些片段失神而笑，暂时告别心中的烦恼，然后摸摸后脑勺给自己微笑，"是啊，你看啊，那时候不也觉得好难，走过去不就都好了吗？"我们的生命总是困难不断，但总会存在某些给予我们力量的东西，并非是解决困难的途径，却是让我们微笑面对的勇气。

城市的一点光亮里，那条小巷繁星点点，怀念之余我会去想，我的小巷你是否也会长大？从我出生的那一刻起，就决定了要走出这条小巷，直到我生命的终点，我会再次回来，依旧是漆黑一片，只有一点微光牵引着我，而唯一的不同是，那时候我不会再哭泣，我也会告诉小巷，走出小巷后的我，认识了某些人，他们也拥有自己的小巷，他们也深爱这条小巷。

乌市三日

乌市是乌鲁木齐市的别称,因初到之时友人如此介绍,便也这般称呼起来。我于傍晚时分抵达乌市,当时的情景如内地下午一般,关于时差这个问题,在那之前只出现在我的地理课本上,看着日头正盛并无去意,才明白了"北京时间"的意义。许是飞机上的一路昏睡和对异域风情的着迷,下了飞机后精神极佳,先与友人看了一场电影——《同桌的你》。关于电影的内容已然忘记许多。进商场、过安检,颇为烦琐的检查让我对乌市有了新的认识,便是从那时起,我对待未知不会只有好奇。

看罢电影,已是北京时间晚八点,用友人的话讲"在乌市,这个时间吃饭也还算早的哩"。很多人对于一个地方的记忆多在于美食,我自然也不例外。第一餐便是大名鼎鼎的大盘鸡,说起乌市的大盘鸡,那可真是"大盘",以我粗略目测,盘子的直径约80厘米,盘的边缘部分是超过我们坐的4人小桌宽度的,所以我们换了多人用餐的大圆桌。因为人少的缘故吧,居然显得有些空旷,虽然味道极佳心情大爽,但我二人终究没有吃完。

饭后踱步在乌市街头,各种内地见不到的特色建筑在眼前铺开,挺立的石碑上用汉维双语介绍着建筑的前世今生,我痴迷其间,久久不忍离去,在友人的反复催促下才悻悻然离开。

在去往住处的路上,我们穿过了一条夜市街,羊肉串、椒麻鸡、羊杂碎、烤蛋等等,琳琅满目的各色美食犹如一幅画卷铺开,肉与水果似乎产生了奇妙反应又迸发出沁人心脾的香气,只是从其中经过便足以愉悦人心。在友人的极力推荐下我拎着半只椒麻鸡回了住处，关于椒麻鸡的味道——脆、嫩、麻、香，至今回想起来，仍旧是垂涎三尺。

第二日我们去了大名鼎鼎的新疆博物馆，见到了传说中的楼兰美女，岁月令美艳无比的女子只剩下干枯的皮囊，墙上的复原图，从面部到身形，脑中闪过无数场景，罗布泊岸边耕种的人们，络绎不绝往来于西域和大汉的商人，珠宝美玉、美酒名器、战士烈马、牧民牛羊，恰逢我刚从江南来，被此间种种震撼，不禁发出"塞北秋风烈马，江南春雨杏花"的感叹，惹得友人发笑。短暂的行走让我开始喜欢感知这世界的不同，开始迷恋别人路上的故事，开始想罗布泊会不会就是昆仑山上仙人们留下的一滴眼泪，在走过河西走廊的时候也会想起霍去病，虽然那已是乌市之行过后几年的事情了。

走出博物馆，已是近黄昏。来到乌市，不可能不吃一吃正宗的羊肉串，大块的肥羊，一把简单的调料，商人们似歌非歌的吆喝，将一个能歌善舞、爽朗洒脱、热情好客的民族深刻诠释。维吾尔族大叔许是看我面容缺少塞北阳刚，担心不懂"疆普"，便叫来自己的孩子向我介绍他家的美食，美丽的古丽能讲一口流利的普通话，在介绍美食的同时还会简单介绍制作工艺、口味咸淡等等，我如饕餮豪取，贪婪且满足。

第三天本想去大巴扎看一下，但在友人极力地劝阻下作罢。本想将第三日也予以记录，但反复思量，却忘记了许多，只记得是没去成，回了江南。

去乌市本是兴起之事，一路所见、所闻引发所想，近年来不常写文或与许久不出门有关系吧。正如杨绛先生所言，"年轻的时候以为不读书不足以了解人生，直到后来才发现如果不了解人生，是读不懂书的。读书的意义大概就是用生活所感去读书，用读书所得去生活吧"。

白云苍狗，岁月如梭，乌市一别已近 10 年，如今相对规律的生活里已失了探索的乐趣，虽然周末也会在附近游玩，却再无满怀的憧憬和久久不去的兴奋，关于下一站旅途，凭空多出了几分先入为主的愚蠢，美景便不再那么迷人。

该怎么形容乌市呢？像是蒙着面纱的穆斯林少女，深邃的眼眸中透出神秘，那慵懒、淡然、冷漠的姿态将你深深吸引，而这不经意的冷漠一瞥，予我却也是温柔的。

乌市三日之美好，与人生终究不过一段插曲。

左星敏

　　1995 年生人，甘肃陇西县人，毕业于甘肃政法学院法学专业，现任漳县人民法院政治部法官助理。

牢记初心使命　依法履职尽责

　　人生就像一段又一段的旅行，不同的旅途展现不同的风景，每到一处转角就意味着一个新的起点、新的征程。2021 年 10 月，我作为一名书记员入职漳县人民法院政治部。

　　"书记员"这个称呼对我来说并不陌生，从 2017 年参加工作至今我们形影相随。不同的是，此前我一直在审判部门担任书记员，通过前辈的耐心指导教学，我掌握了跟案制作笔录、整理装订卷宗等辅助法官、法官助理的事务性技能，也锻炼了我认真严谨的工作态度，更让我感受到了法院工作的庄严神圣。而在政治部工作，承担着承上启下、联系左右、兼顾全局的工作，诸如和上级法院之间的联系，法院内部各部门之间的联系，做好上传下达，布置工作，落实要求，及时传达院党组的决策部署，完成各项工作任务。

　　以前我只是片面地认为法院作为国家审判机关，通过审判活动审理案件是重于其他工作的，但从到政治部的那一刻开始，同事急促的脚步、因快速敲击键盘发出的脆响、紧凑的工作节奏与我的手足无措形成鲜明对比，我幡然顿悟，不管是哪个部门都同等重要，是法院人在追求"努力让人民群众在每一个司法案件中感受到公平正义"目标中扮演着的不可或缺的角色，如同钟表中的齿轮，不显眼却同等重要。不管在审判业务庭室还是综合部门，我都能看到身边同事各司其职、井然有序的忙碌身影，从而感受到法院工作的繁杂、细致，亦能投身其中收获满足充实。

法院工作不仅庄严肃穆，还充满情趣。很幸运，刚刚入职就参加了单位组织的第八届"天平杯"秋季职工运动会，两天时间的赛程紧锣密鼓，运动员斗志昂扬争佳绩，啦啦队员高声呐喊助兴致，裁判员公正裁决赢欢呼，还有后勤组无微不至的保障关怀，都体现了强大的凝聚力，身处这个大家庭我倍感温暖。

路漫漫其修远兮，做到牢记使命，不忘初心，方能脚踏实地，一路生花。恪尽自己所能向习近平总书记对年轻干部提出的"信念坚定、对党忠诚，注重实际、实事求是，勇于担当、善于作为，坚持原则、敢于斗争，严守规矩、不逾底线，勤学苦练、增强本领"的6个方面、48字要求看齐。今后，我将以一个新人的姿态迎接每一天，以饱满的热情投入工作，牢记书记员的工作职责，明确自己的职责分工，始终保持谦虚谨慎的工作态度，不断向有经验的同事请教、学习，努力完善自己，使自己尽快融入新环境、新岗位。虽然身处综合部门，但也要时刻更新专业素养，加大对法律知识的学习力度，养成良好的职业操守，遵守司法礼仪，廉洁自律，严守秘密，自觉维护法院公平正义的司法形象。

漆金霞

1997 年生人，甘肃漳县人，漳县人民法院民事审判庭法官助理。

颂清风正气，促公正和谐

2021 年 10 月，20 出头的我青涩始出，怀着对法律的崇敬我来到了漳县人民法院，成为漳县人民法院的一名工作人员。对于这份工作我既欢喜又崇敬，欢喜是因为我顺利工作不用在为工作而迷茫，崇敬是因为法院是公正的化身，承载着千千万万人对正义的期待。在学校读书时法院于我像星宿，它近在眼前却远在天边；而如今法院于我像沃土，它就在我身边，促我成长，而我更愿意成为这沃土中的砂砾为公平正义奉献终身。

公正是司法的灵魂，廉洁是内心的自我约束。司法机关是维护社会公平正义的最后一道防线，而我们则是这道防线上的"战士"。法律是我们的底线，"法槌"是我们捍卫公平正义的武器，为人民群众解决矛盾和纠纷是我们不变的初心，杜绝冤错案的发生是我们毕生的追求。公正是司法的核心追求，廉洁是司法公正的重要保障。作为法院的工作人员，廉洁是我们必须遵守的原则。不管是在工作中还是在生活中我们都要始终保持高度的廉政意识，时刻自重、自省、自警、自励，恪守职业道德，保持清廉本色。要增强主动接受人大、政协、人民群众及社会团体监督的意识，培养健康向上的生活情趣，加强自我约束，不断增强对各种腐朽思想和行为的免疫力。

"身逢其时，责任在肩"。习近平总书记说，一代人有一代人的长征，一代人有一代人的担当。而我们这一代人的担当就是用奋斗的一生，与祖国同奋进、共成长。人民法院受理的案件承载着人民群众对公平正义的期待，承载着家庭的幸福、社会的稳定，所以作为一名法律人我们应该担起自己身上的重任，让司法与公正同行，努力让人民群众在每一宗司法案件中都感受到公平正义。

作为一个法律人要做到清正廉明处事，公平公正办事。一方面要努力提高政治素养，做好本职工作，努力做"强化法律审判、法律执行、法律监督、维护公平正义"的自觉实践者；另一方面要提高工作能力，保持良好的精神状态，树立强烈的事业心和责任感，自觉学习，向书本学习、向群众学习，努力提高解决纠纷的能力水平，做一个清正廉洁的法律人。

新时代的青年，唯有以青春、热血、辛勤和汗水报效祖国才不枉费祖国对我们的培养之恩。以后我会用一颗年轻而又充满朝气的心去迎接每一天的到来，精力充沛地面对每一个困难与挑战。努力地成长为一名德才兼备的法官，让生命伴随法律成长，让和风吹拂正气，让春雨滋润民心。在新时代的新征程中，不忘初心，牢记使命，为法律事业奋斗终生。

何岩柯

　　1997 年生人，甘肃通渭县人，漳县人民法院综合办公室科员，2019 年参加"返乡画像"写作活动并发表作品，其中《家殇》收录于《美丽乡村青年笔记》。

清凉寺的那个僧人

　　刚刚入秋的通渭依旧燥热，县城里的微风带不走积郁已久的躁动。牛谷河边，喝酒划拳者有之，谈情说爱者亦有之，早已被污染得面目全非的牛谷河也载不动通渭人的躁动和爱意，河上那座"鹊桥"或许只能负担得起秦嘉徐淑的感情吧。公园里寥寥几人，不是风景不美，也不是温度不宜，只因牛谷河虽不堪，招惹蚊子倒有几分本事，不足一丈宽的河中漂浮着几个塑料袋，像是为自己占领这片地方而摇旗呐喊，绿水里的青蛙也表示了赞同。

　　当走到清凉寺山门的时候，一切嘈杂的声音突然销声匿迹，只剩下寺里隐隐约约的诵经声和钟声在耳边萦绕，亭子里的两只小小的琉璃狮子仿佛也在静静聆听，至于是习惯使然还是心血来潮便不可知了。不忍打搅这两个小家伙，没有在亭子里多作停留，径直走进寺里。

　　清凉寺在清凉山上，据说最早建于北魏末期，距今 1000 多年历史，后经代代修缮，到如今庙宇占据大半个清凉山。据说每年端午庙会时，寺庙上空会有彩云聚集，甚至传言有人在云中看到佛祖端坐其中，我也曾去碰运气，可惜并未见此胜景。家乡的寺庙佛道皆有，清凉寺也不例外，寺庙的下半部分供奉着道教诸神，山顶则属于佛教。

我是在水窖边见到那位老师父的。俗世的人对于出家人总是有些好奇心，我也未免俗，于是便停下脚步，蹲在石阶上看他打水。老师父的旁边放着三个桶，一大一小两个铁皮桶，还有一个方塑料桶，他用小桶从水窖中将水提出，又倒入那两个大桶。小桶实在太小，半天也未装满，溅出的水打湿了有些破旧的僧衣僧鞋，他只好放下了水桶，这时，他才注意到不远处的我。我歉意地朝他笑笑，看了那么久却没有帮忙，实在不该。老师父也乐了："你笑啥呢？""我给您拍张照吧！"我话没说完他倒是有些不好意思："不拍不拍，你要是不忙的话来帮我打水，来。"我赶忙跳下台阶，接过水桶，不一会儿便装满了。

老师父提着铁桶，我提着塑料桶，一老一少、一前一后往僧房走。我对出家人的房间有着强烈的好奇心，想象中的僧房应该是书架上摆满佛经，床中央放着蒲团，屋内烟气缭绕。可掀开门的那一刻，却让我大跌眼镜，那是怎样的一个房间呦：房间里堆积着杂物，墙上挂满了塑料袋，地上摆着好几个箱子，不知道装的是什么，竟连个落脚的地方都没有，炕上的被子胡乱叠着，炕头一个有些发黑的枕头在灯下微微泛光，门后的桌子上还摆着没有洗的碗筷和一盆剩面条，整个屋子里充斥着霉味。唯一能够入眼的就只有窗台上摆着的三个陶瓷小和尚和几本经书，这也是我所看到的与其身份相关的仅有的物件，想来老师父对这几样东西甚是珍惜，因为整个屋子也只有那上面没有灰尘。

我蹑手蹑脚地绕开左边的箱子，又生怕打翻右边的果盘，终于来到墙角的水缸旁，将水倒了进去。正当我要走的时候，老师父叫住了我，取出果盘里发黑的香蕉和干巴巴的苹果塞到我手里，又将果盘下面落满灰的板凳递给我，看我落座便和我聊了起来：

你别看这些水果黑乎乎的，这都是贡过爷爷（家乡对神的称呼）的，放心吃，以前我在五台山的时候，水果摆一天就拿下来，新新鲜鲜的，我们几个管贡品的就分了，到了咱这儿，一摆上去就是好几天，眼看着快要坏了才取下来。你们年轻人挑挑拣拣，我可没那么多毛病，我年轻那会人都饿着呢，有口吃的就不错了，水果？想都不敢想啊，要不是为了口吃食，我也不会做和尚了……

你是一中的学生啊？我的家在东川，就在你们学校的后面，房子早就塌了，年轻的时候被人冤枉关进牢里，在里面差点被打死，和我一起进去的有好几个，就我一个撑了下来，可也落下了大大小小一身毛病，腰现在根本直不起来，年轻的时候不惜力，老了后悔都晚了，今天要不是你帮我提水，我又要忙活半天了。

一中后面是大片的民居，那么多年过去了，也许连他都找不到哪里才是他曾经的家了吧。我问他是什么原因入狱，他叹了口气摆了摆手，表示不想再说。

从监狱里出来后家没了，心里什么盼头也没了，便到五台山当了和尚，前年来了这清凉寺，在外面那么多年，受了那么多苦，还是感觉咱们这好，三年时间没下过一次山，不是说不敢，就是不想去，家里房子应该早塌了，亲人也没一个了，我去看一眼有什么意思！

看着师父，我想到了《十五从军征》的那位老兵，80归乡的老兵与老师父何其相似，亲人不在，故居不存，那些熟悉的记忆早就埋进尘埃，心中的苦楚又怎能说得清楚？又该向谁诉说呢？只能在冷清的佛堂默默地讲给佛祖听吧？

过了一会儿，有一位老太太带着一个年轻姑娘走了进来，热情地跟老师父打招呼，老人问我是不是找师父答疑解惑的信徒，我摇摇头。我起身将板凳让给老人，准备告辞离开，临走时老师父又塞给我一个苹果。

一周以后的周末，我带着朋友再一次来到清凉寺，想再见见这个妙人。当我们来到僧房门口时，发现原本破旧的窗户换上了新的塑料纸，从僧房门口望进去，里面收拾得干干净净，原本摆在地上的箱子和挂在墙上的塑料袋不翼而飞。我有些诧异，暗道这位老师父是受佛祖点化开窍了？我走进房中，老师父不在，炕上坐着一个陌生的守庙人，我向他打听："住在这儿的那位和尚今天不在吗？"

"和尚？走了呀。"

"为什么走了？"

"爷爷不要了呗！"

我的心一沉，可怜的人啊！就连他生活过的故乡也不要他了，他又该去何方？心若没有栖息的地方，去哪里都是流浪。对于他而言，这里不是故乡，哪里又是故乡？

无心去欣赏景色，便和友人匆匆下山，路过寺门，那两只小琉璃狮子依旧在那里一动不动，脚掌底下的绣球还未来得及藏起来，这两个顽皮的小家伙一定听不出来，这寺里的诵经声比以往有些小了吧？

郭吉祥

1995 年生人，甘肃省陇西县人，漳县人民法院综合办公室科员。

致敬百年　法愿相随

百年前，嘉兴游船里奋斗的青年创立了青春的共产党，为中国点亮了照亮黑夜的火种，从此这闪亮的火花便在中国大地上燃起了燎原的烈火。这百年，中华民族通过浴血奋斗赢得民族独立，经历争取民主自由的抗争，走过建设社会主义的曲折，沐浴改革开放的春风，共产党人用100年的奋斗，打破了国外的封锁，交出了一份来之不易、人民满意、世界瞩目的答卷。回望中华民族走过的百年艰辛历程，革命先驱无不是壮志青年，故今日之责任，不在他人，亦在我青年。

当历史的接力棒交到了我们这一代手中时，父辈似乎对我们缺少了一定认可和信任。总有父辈说我们这一代生活在蜜糖中，不知道什么是艰苦。请父辈不要以一种过来人的想法觉得今天的年轻人不知道怎么吃苦，每一代人都有每一代要吃的苦，每一代人都有每一代要受的罪，每一代人都有要奋斗的地方，只不过我们用的方式不同，我们的起点不一样了。这不正是父辈们奋斗的意义吗？算起来，随着父辈老去，物质缺乏的时代也逐渐远去。我们敬佩父辈吃苦耐劳，感恩他们的艰苦奋斗，但我们越来越意识到自己是需要负责任的，我们也越来越知道自己身上的责任是什么。请相信——新的力量正在迎头赶上！

新时代法院青年用奋斗担当礼献建党百年。新时代的法制工作者，不光男儿以法槌起落捍卫人间正道，巾帼倩影也走家串户以柔情定纷止争，他们头顶国徽，身穿法袍，责任让他们不在软弱，用傲骨支撑天平，厚德重法，用行动传递正义，共同撑起这片法制的星空。新生代抱持主动作为的进取之心，怀有敬畏之心，回顾司法事业筚路蓝缕的历程，一辈一辈的法院人，怀抱着对法律的坚定信念，在法治道路上执着坚守、无怨无悔。从陕甘宁边高等法院被称为"马青天"的法官马锡五先辈到严格执行"三个规定"，拒绝为任何人的案件打招呼，面对威胁不屈不挠，面对邪恶无所畏惧，用生命捍卫公平正义的最后一道防线的周春梅同志。他们就是法院人的薪火相传，是法院人同一个法治梦的交接和延续。传承，是对他们最好的铭记；奋进，是对他们最好的致敬。

最后，希望大家都能永远保持好奇，保持敏感，渴望从世间万物中汲取养分，别让世俗磨灭了我们的感悟力和正义感。受害者不必完美，但加害者必须受到惩罚，法律有漏洞，受害人有瑕疵，这都不影响我们用自己的方式守护心中的正义。

"道阻且长，行则将至；行而不辍，未来可期"！

法苑漫笔——漳县法院干警作品集（第二辑）

小说 编

虎刺梅

一

晚饭的时候，我收到一条单位同事发来的短信："女汉子，老郐病危，你去探视吗？"

我内心咯噔一下，潜意识告诉我，老郐已经去日无多了。早上打扫卫生的时候，摆放在阳台上的那盆虎刺梅毫无征兆地掉了下来，花盆摔了个粉碎，而那盆虎刺梅就是老郐送给我的。我记得在老郐退休那天，老郐用忧郁的眼神看着我说，郝局长，我知道你喜欢这盆花，可我实在没有力气送到你家里了，你自己搬走吧。我知道老郐是真诚的，是发自肺腑地想给我花，我就让办公室的小张开着车把花送到了家里。而今天，花盆竟然摔碎了。事实上，最近几天，我就隐隐约约有一种不祥的预感，无端地想发火，空虚无聊，坐卧不安，如鲠在喉，心脏扑通扑通地跳个不停，似乎要从胸腔里一跃而出。这种征兆预示什么？我不知道。

面对平素喜欢吃的糖醋里脊、清炖鱼，今晚也没了胃口。我匆忙扒拉了几口饭菜，就把洗锅刷碗的艰巨任务给了老公。对于我的决定，老公向来是言听计从，绝不讨价还价。等我把车倒出车库，准备联系同事时，我的手机响了，是一个陌生的号码：

"郝局长，你好。"

"你好，请问你是？"

"我是民政局退休的老郗的儿子，我父亲不行了，想见见你。"

我已经没有心情去超市购买一些营养品，也忘记了通知其他的同事，就一个人驱车去了乡下老郗的家里。

说是乡下，其实距离县城也就 20 公里左右的样子。老郗工作了一辈子，硬是在小城没有置下方寸落脚之地以安度晚年。我记得老郗退休那天，我和办公室的小李一起请他吃饭，并调侃老郗，想我们了就常回家看看。我很后悔语无遮拦，一句话把本来轻松欢快的气氛搞到了冰点。老郗眼睛里含着泪花，动箸很慢很慢，以致我和小李也没有了吃饭的心情，早早结束了尴尬的欢送仪式，但我把没有动过筷子的肉食和没有开封的酒打包了让老郗带走。

应该说老郗在单位上人缘不好，属于那种人见人躲的人。单位上的同事凑在一起的时候，几乎没有一个不说老郗坏话的。他口碎，爱唠叨别人的短处，他始终用一种近乎对古君子的要求来要求与他接触的每一个人，而忘了自己不过就是单位上普通的员工。他甚至对局长、副局长的行为都指手画脚，说三道四，最后因为人见人躲的缘故，局党组反复研究了 10 多天后，才咬牙辞掉了看门的两位老人，把这份工作给了老郗。当时单位上的人估摸老郗会大吵大闹一场，让局长们下不了台。但出乎意料的是，老郗接到工作岗位调整通知时出奇的平静，什么话也没说就默默地整理好了一应报表材料、文书档案，并详细地开了清单，复印了一份，放在桌子山，抱着不多的几样私人物品，来到了门房。

我是单位上老郗唯一的朋友，这个唯一性源于老郗的口无遮拦，这和我有许多的相似之处。而我们的区别在于我在单位上仍然有我的圆滑，出错以后我也会想方设法弥补我的过失。

二

我在民政局的门房蹭了一周以后，办公室管后勤的仇仁仇大主任仍然没有给我解决办公地方的意思。我有些恼火了。是的，我是被发配来的，但也不至于被你们这些势利小人欺侮。找局长，说是去开会去了。我压着心头的怒火，和老郗有一搭没一搭地聊着。

有几个早晨，我就是站在老郗的花木前久久地出神。老郗所养的花里，也是带刺的居多，譬如虎刺梅、仙人掌、仙人球、芦荟等等。老郗也知道我的处境，但因为我是新任副局长的缘故，他的话并不多。其实在我调到民政局的时候，我在原单位的蠢事已经传得沸沸扬扬，我是异类，职务上虽然是平调，但内心的黯淡只有我知道。此前老郗应该没见过我，而主管财务的我因为拒绝局长将上大学的儿子的火车卧铺票拿到单位报销的缘故，而和局长闹起了矛盾。最后县上领导调和，给了我一个在单位闹不团结的警告处分后，才把我调到了民政局。如果不是若干年后，局长被纪委喊去谈话，后又被检察院请去在高墙内严密地保护起来，我的冤屈就没有申的地方。检察院也找过我，我没有落井下石，只是说，我管理财务时，单位的财务是规范的，没有小金库，也没有报过非法的资金，我任职期间，局长没有贪污，至于以后的事情，我不知道。据说局长听到我的证词后，在法庭上号啕大哭起来，对于哭的原因，有多个版本，但是我不知道。

"老郗，你是养花的高手啊，没想到把浑身是刺的虎刺梅养得这样有灵气。"既然都忌讳谈任何敏感的话题，我就跟老郗谈花。

"你喜欢高的矮的？"老郗并不跟我谈养花，只是问我喜欢哪盆。

"如果把矮的摆在办公桌上，估计会增加无穷的意趣呢。"我随口说道。

恰在这个时候，一把手赵局长和仇主任一前一后进来签到了。

"赵局长，我来民政局一周了，怎么至今不给我安排一张办公的桌椅？"在赵局长跟我打招呼后，我问。"如果你认为我的到来会给你增添麻烦，你可以直接去给组织部说。"

"是吗？"赵局长有些愕然。他转身对办公室主任说，"我开会前不是让你把我隔壁302房间给郝局长腾出来吗？"

"302房间堆了许多杂物，一时半会没地方挪。"仇主任唯唯诺诺地说，如果有个地缝，我相信他立马会钻进去。

"杂物间我也不嫌弃，就是仓库保管员，只要给我指定一个地方就行。"

我不愠不火，我知道，我是不被人看好的，只要给我个地方我就行。

"你跟我去 302 室看看。"赵局长发火了，扯着仇主任就要上楼。仇主任狠狠地剜了我一眼。

我对领导给我安排的"杂物间"不抱什么幻想，只要能容一桌一椅，给我 10 个平方让我思维飞翔的空间我就知足了。我随赵局长走进 302 室的时候，一切都出乎我的意料：宽敞明亮是我对分配给我的办公室的第一印象。这间房屋无论从采光还是室外的环境都是一流的，甚至可以说超过了我在原单位的办公条件。里面也没有堆任何杂物，估计是仇主任不愿意让我入住而已。赵局长当场从仇主任手里拿回了这间办公室的钥匙，那天我在民政局有了自己的办公室，然而令我想不到的是，赵局长仍然让我分管财务和办公室，我有些受宠若惊了。我知道错怪了赵局长了。

我搬到 302 室的当天，老郗就把那盆虎刺梅的花盆擦得干干净净的，搬到了我的办公室里。单位上的同事跟我来打招呼，惊奇地说，老郗吝啬得很，任何人都不准接近他的花木，没想到美女局长一来，就大方了起来……

三

我站在桌前，看着眼前这盆雅致的虎刺梅和窗外雄浑连绵的远山，感慨万千。在众花中，我对虎刺梅是无端地偏爱，她倔强而又忠贞，勇猛又不失儒雅，向我索取得少而奉献给我的极多。铁灰色的虬枝上，布满了坚硬的刺，骨力昂然，挺出一个大义凛然不可侵犯的季节意向。她不像杜鹃花那样灿烂似锦，也不如水仙那样纯洁高雅，更比不上牡丹的艳丽富贵，却也活得像模像样，枝头上依然开着的小花蕾粉嫩可爱，在众花凋零的冬季，几朵小花绽放期间，愈显得风姿绰约，给居室增添了不少春意。她奇崛、简约、孤傲、高雅，虎得威猛，刺得锐利，将梅花的风韵集于一身，清芬远溢，让人心驰神往。

在老郗跟前是不敢谈花的，也不敢流露出对某盆花的喜爱，哪怕多看几眼也不行。

　　老郤很孤独，单位上的同事除了进去签到以外，基本没人去找老郤聊天。原因是老郤看不惯贪占公家便宜的人，如果谁多拿多占，老郤就会毫不留情地说出来，不管人家是否下得了台。一旦在原则问题上得罪了老郤，老郤对你就是一副横眉冷对的样子，拒人千里之外。这样老郤的朋友就少之又少了。单位上的同事跟我说起过一回老郤轶事，说老郤在办公室工作的时候，有一次单位开年终总结会，会后聚餐，在聚餐结束时，仇主任要把剩余的几瓶酒拿到自己家里去，为此和老郤发生了争执，最后领导委婉地批评老郤脑袋一根筋，倒不过板，转不过弯。而老郤也就和仇主任结下了梁子，仇主任的仇，在姓氏里应该读"qiu"，但此后老郤不管在什么场合，都直接喊仇主任为"chouren"，老郤也就被各个部门推来推去，无人见爱，最后就到了门房这里。我一直以为老郤不过是单位上临时聘用的人员，没想到却是单位正式在编的干部。

　　我在家里没有吃早餐的时候，我会在路上买一些早点带到单位来吃，当然我也会顺便给老郤带一份。老郤接受我的这些礼物也很自然，从没有局促不安或者难为情什么的。我知道老郤并不是贪图小便宜的人，在许多事情上老郤显得很大方。老郤知道我喜欢花，只要我在哪盆花之前多站几分钟，第二天那盆花就马上会到了我的办公室里。当然这些花的打理工作也全是老郤做的，以我大大咧咧的个性，就不是养花的料。我能养的花，无非就是虎刺梅、仙人掌一类的，浇水少，花期长。而让我喜出望外的是，老郤给我的虎刺梅，从老郤端进我房间至今的多少年里，就一直处于花期状态，甚至开败了的花瓣，也会重新转化成绿叶，在花蕊中开出新的花来。

　　老郤似乎懂得我的心思，对这盆花倍加重视。我也在老郤无私的帮助中，尽享花意。

　　那天我到门房的时候，老郤一个人喝着闷酒。我问老郤道："郤老今天怎么喝上酒了？"老郤说："你不知道今天是什么日子？"

　　"什么日子？"我有些愕然。

　　"你们当领导的怎么都这样官僚？你不是管理我的档案材料吗？今天是

我的生日。"我懊悔平素对同志们关心太少，在一个单位，我又能记住几个人的生日呢？我掏出 200 元钱，叫办公室的小李去卖一瓶酒，称一斤肉来，给老郗过一个简单的生日。

老郗接过酒瓶，顺手拧开瓶盖，说："郝局长，这钱不是贪污来得吧？你不会在公款里开支吧？"

我说："你不想喝就拉倒。至于什么来路，不需要你管！"小李白了老郗一眼说："真是狗咬吕洞宾，什么人嘛。"

我为老郗斟了一杯酒，老郗一饮而尽，然后就啜泣起来。

四

给我安排办公室不久，仇主任就请假了，不久就调到了我原来工作的单位。我最后一次见他，是在检察院的审讯室里。他戴着手铐往外走，而我是进去接受调查的。前面我说过，我给检察院的证词里并没有落井下石，我相信我的说法会在法庭上得到印证。据知情者透露，仇主任为了推卸责任，争取立功表现，主动交代了许多检察院没有掌握的线索。

我并没有因为仇主任不给我安排办公室而忌恨他，在一个单位，遍布着盘根错节的关系，和一个人闹别扭，或许工作上就会处处掣肘。我深谙这些处世之道。那天仇主任称了几斤橘子放在综合办公室里，让大家品尝，我也随手拿了一个，和大家开着无伤大雅的玩笑。这时候，老郗进来了。

"郗老，来吃橘子。"我抛给老郗一个橘子。

老郗没有多想就吃了起来。这时候，办公室的小李进来了，问是谁请客，称了这么多橘子。有人说，是仇主任称的。

老郗脸色一白，把手中的半个橘子顺手丢进了旁边的垃圾桶中，连声说晦气。这一举动，弄得仇主任一时半会下不了台。我对老郗说："你至于这样吗？"老郗说："君子不喝盗泉之水，志士不吃嗟来之食。"

仇主任气冲冲地走了，抛给我一个复仇的眼神，或许他认为这是我有意安排的。现在我是跳进黄河也洗不清了。我想找个机会给他道歉，一个屋檐下，安能不低头啊。但仇主任并没有给我这个机会，几天后，他就调走了。仇主任是走了，民政局的其他人对我还算是友善的，或许我是副局长，主管财务的缘故。

"赵局长，组织部的小陈给你说过在我们单位放车的事情吗？"老郗问赵局长。

"没有啊。现在的年轻人……"赵局随口说了一句，就离开了值班室。

"喂，你是小陈吗？"老郗在给人打电话，"赵局长说了，你在民政局放车，并没有给他打招呼。他说你算是什么东西，敢乱打别人的旗号。请你在半个小时以内把车开走。"

"你在跟哪个小陈打电话？"我没有发现赵局长什么时候走进了值班室。

"说是组织部的，昨晚 12 点钟敲开单位的门，说你说的，让把车停放在民政局院内。"小陈是组织部的新秀，虽然说是组织成员，但前程无量。赵局长脸上有些不悦，但不好说什么。

"局长没有同意你说是局长安排的，现在局长没让你把车开走，我也用局长的名义。都是说假话，都会说假话，谁怕谁？还组织部干部呢，这样的人提拔不起来，提拔起来也是害群之马。"老郗嘟嘟囔囔地说着。赵局长一句话也没说，甩袖离开了值班室。

五

老郗是孤独的。我从未见过老郗的家属，也不知道老郗是否有孩子。我在民政局的几年里，感觉老郗就是一个没人管的孤老头子。吃饭简单得不能再简单，几根青菜，一把挂面，偶然也会炒一点臊子来打打牙祭。至于单位上聚会什么的，老郗从不参加。年终总结会他宁肯领取一顿 50 元的误餐补助，也不去跟大家凑热闹。

腊月二十五过了，说是上班，稀稀拉拉就那么几个人，绝大多数人签到后就忙着办年货去了。老郗一个人落寞地打理着他的花木，眼里尽是怜悯。而我正和办公室肖主任愁眉苦脸地对着电脑编派春节值班计划。电话打过去，都有一万个不值班的理由，有些答应了的，也是鼻子底下哼一声，答应得极不爽快。就是平素对我非常客气的一些科员，而今也是横眉冷对了。

当当当，很轻的敲门声。我说了一声进来。门开了，老郗手足无措地走了进来，我过去给老郗沏了一杯茶，老郗端着水，绕着花木转了几圈后，终于嗫嗫嚅嚅地说，郝局长，春节期间，可以由我一人值班吗？这是老郗第一次求我，肖主任抬起头，不可思议地朝老郗看了一眼。大家不愿意值班，原因就是值班补助很低。白天加晚上，不过就区区的 20 块钱，现在的社会，谁会稀罕这 20 块钱？

"你不去和孩子们团聚吗？"

"不去了，我喜欢清静，不爱热闹。"

我思考了一阵，就答应了老郗的要求，并安排肖主任除了正常的加班费外，给老郗买一箱酒，再买几挂鞭炮。老郗很是感动，说酒就不要了。我再没有搭理老郗，让肖主任贴出通知：春节期间，值班由老郗负责。

我隐隐约约听说，老郗有一个儿子一个女儿，都已经成人了。儿子在某地读研，很少回家，老郗的工资，几乎都给了儿子。至于老婆，大家一直讳莫如深，都不愿提及。只是在春节例行走动时，一个外单位的知情人在酒后说了几句，意思是老郗的老婆年轻的时候很风流，跟着人跑了，出去了 10 多年，染了一身的病回来。老郗拉账累债，给老婆治好了病，但此后老郗从未与老婆说过一句话。

老郗的嗜好，除了养花，应该说就是喝酒。有一次老郗在跟我谈起喝酒的时候，说了这样一通话："我讨厌酒的味道，却爱上醉的感觉！喝酒是一种感情的宣泄，偶尔喝醉是一种心灵上的解压。其实，人爱上的不是酒，而是端起酒杯的瞬间，将心事一点点地融入酒中，喝下的不仅是酒，而是一点开心，一点伤感，一点回忆，一点哀愁！"

这或许也是老郗脾气拧的原因。

六

再过几个月，老郗就到了退休的年龄。尽管他对单位的事情，依然是尽职尽责，尽管对他的花木依旧呵护有加，但心情的黯淡从一个眼神里就能一望到底。

老郗终于请假了，只请了半日事假，这是我到民政局几年来唯一的一次，我也没问老郗请假去干什么，只是草草地签了字，安排别人值班，让老郗放心去办事而已。

快下班的时候，老郗提着两条鱼走了进来。

"郝局长，给你两条鱼？"

"给我鱼？你哪来的鱼？"我有些愕然。

"下午我请假去水库里钓的，绝对的来自大自然的鱼。"老郗狡黠地眨巴着眼睛说，"现在市场上的鱼，都是饲料催生的，周期短，没有咱这个鲜嫩。"

"你请假原来是去弄这个呀。"我不想接受老郗的馈赠，但不知道拿什么话来拒绝。老郗似乎看出了我的心思，幽幽地说："你不拿去，我也吃不了，更何况我也不会做鱼吃……"

晚上，我和办公室的小李一道，把老郗请到了县城里一个比较雅致的小餐馆，算是给老郗践行。

"郗老，退休了你可要常回来看看，至少在我没有调离前。"我给老郗斟满了酒，嘻嘻哈哈地说。

"我知道我在民政局人缘不好，除了你，基本上没有人看得起我。我就是一盆虎刺梅，可以摆在那里，但绝对没有让人亲近的意思。而你来了民政局，和我有说话的人了，你也给了我许多照顾，说真的，我这辈子没有服过谁，但我感激你。"老郗说着，抽噎了起来，"单位上的人和事，我是看在眼里的，我就是看不惯损公肥私的。"

空气凝重了起来。老郗也不再动箸，只是一个劲地喝闷酒。

"其实你也是单位上的另类，你从那边过来的时候，就和单位上把我发配到门房一样。但你很幸运，赵局长器重你，没把你当另类提防，而我却很不幸，一个公家正式编制的干部，当了10多年的门房大爷……"

欢送老郗的宴会在政府招待所举行。老郗退休文件下来，我给赵局长汇报后，赵局长二话没说就通知我去张罗。在过去多年里，从没有一个退休干部的欢送会这样的正式。单位上能来的同事都来了，当晚的气氛很是融洽，看不出老郗和任何人之间有过芥蒂。那晚，老郗喝多了。

七

我不知道是怎么到老郗家的。院子里站满了人，纸扎的一匹白马摆在卧室门口，老郗的儿子，一个克隆了的老郗焦虑地站在门口。

"郝局长，你来了。我爸要走了，他在等您。"老郗的儿子一脸戚容。我急匆匆地走进了老郗的卧室，握住了老郗的手，老郗眼睛一亮，想要说什么却没有说出来。随之就像流星划过天空一样，彻底熄灭了。

老郗的儿子说，老郗临终交代，虎刺梅是好花，但是不适合女人养，女人还是养一些雍容富贵的花好。他知道郝局长喜欢花，但已经不能把花搬到她的办公室了，这盆君子兰给郝局送去，还有这盆绿萝……

夹　缝

黄昏时分，雨就下起来了。

吴剑锋心里火烧火燎地急，有事偏遇鬼天气，真叫人奈何不得。他心里暗暗乞求上帝，今晚千万别下大雨，要不这 30 多里村道还不要了他的命？然而上帝并不愿按照吴剑锋的心思去做，还没走上 5 里，皮鞋就有些穿不住了。他看看四周紧压过来的暮霭，有些恐惧了。这方圆 10 多里地根本没有一户人家。落在头发里的雨珠任性地汇成小溪，在他脸上恣意漫流，尤其讨厌的是淋湿的裤管一个劲地往下坠，和他作起对来。

他骂自己倒霉，上任 3 个月就出了这么大的事。今天早上，乡上驻南河村的干部，在征收各项税款时，和群众闹起了冲突，结果有几个被打成重伤送到了医院。县政府指示他尽快处理好这件事。他只得风尘仆仆地去了。去了就去了，可那破车却没有手下的干部那么听话，在回来的路上竟赖着不走了。

"吴乡长，车又出故障了。"司机小王无可奈何地说，脸上显露出愧色和歉意，好像这是他的错。

"下去看看，看毛病出在什么地方。"吴剑锋温和地说，他从不在他的工作人员面前摆自己领导的架子。可小王一下车就是好长一段时间，手上沾满了黑乎乎的机油，而毛病却没有找到。

"吴乡长，我们还是先回南河吧！眼看天要下雨了。"

吴剑锋诅咒着这天，这地，这破车子，你们为什么要把我姓吴的留在南河，难道我真的很重要吗？不，哪怕走，今夜他也要走回家去。他随便向小王安排几句，也不待小王劝阻，就自顾地向前走了。小王追上去，拽住他，他一把摔开，向前疾走着。

"你一定要亲自去处理好南河的问题！"林县长在电话中有些愠怒，"我们不能把这次群体事件看成是群众盲动的表现，也要从我们干部本身寻找原因。老吴，你能不能从中看出我们的干群关系是多么紧张？"

林县长在电话那头大发雷霆，他只能在电话这头唯唯诺诺。他先到医院探望了受伤的干部。

"吴乡长，你可得为我们主持公道"！驻村干部何勇哭哭啼啼地说，"你说如今的工作咋办，我们一进村，群众就一把锁子锁了门，上山跟干部玩起了游击战。五六天了连个人影都看不见，做工作搞动员，我们如何做？如何搞？"他没心思听何勇说，只是安慰他好好养伤，事情归事情，待后再说。然后带了一班人马去南河。

南河的第一件事就让人感到别扭。刚到村委李主任家门口，就见一位模样俊俏的媳妇正往外倒鸡毛。院子里有个女人，脸上擦着厚厚的粉，涂着口红，向他殷勤地笑。这是先他而至的派出所所长夫人。这又不是国家领导人出访美国，你个派出所所长下乡带夫人干什么？但他又不便发火。

"吴乡长，你可得为我们老百姓做主。"一位年将60岁的老人，听说他是新任乡长时，扑通一声跪倒在他面前。两个联防队队员走过来，沉着脸要将老人拽开。他示意联防队员走开，然后笑着将老人扶起，坐在李主任家的炕沿上。

"我们村今年的任务重得很！"老人开口了，"你评这个理，我三年多没养猪，也没养鸡，凭什么给我摊屠宰税？我……"

"你的问题我们会调查的。"吴剑锋制止住了他。

"联防队员就像别动队，动辄打人。"又有人反映问题。

"扑通！"

也许吴剑锋考虑得太多，不知怎的，竟给重重地跌了一跤。天完完全全地黑了下去，而雨却没有停止的意思。

三个月前，当他全身心地投入乡长竞选时，妻子因单位生产不景气下岗了（其实早已在家待了一年之久），而儿子也因在中考中的败北赋闲在家。这两个活宝简直要他的命！老婆因为下了岗生闷气，常把气撒在他的身上。那天他下乡回来，浑身像散了架一样，一进门就问：

"玲他妈，有饭吗？"

"我又不是你雇的保姆，凭什么这么吆三喝四的？"妻抢白了他一顿，而他也因此无心在家里吃饭。

可上哪里去哩？街上就那么几家面馆，都是那么几张令人生厌的面孔。只要一进去，或许就又认为是公款吃喝呢。他在路上徘徊着，不知去哪里好。迎面而来的人和他打着招呼，他连人也没认清就让过去了。他觉得和妻子之间是那么得越来越不适应。这近 20 年的光阴都过来了，而今为何就不适应了呢？难道真的是自己见异思迁了吗？在家里，他总是被动的。妻动不动发火，而且不许他稍有争辩。他弄不清是妻变了还是他变了。为此他要求离婚。而妻子像疯了一样，竟在县委书记下乡时在乡政府大闹了一场，并要求惩治惩治他这个"陈世美"，县委书记保证管住他，不让离婚，为此社会各界舆论鹊起，各处的遍传台上都在谈论着吴剑锋。他苦笑着说，我咋离婚都这么难？法律面前人人难平等啊。

今天下午，南河村的事他刚理出个头绪，副乡长赵琳风风火火地骑自行车赶来说："你儿子出事了，赶快回去。"他瘫倒在了地上。这真是哪壶不开提哪壶啊！真是活要人的命啊。

吴剑锋觉着悲哀。他觉得在这沉沉暮色里，连呼吸都是那么的困难。人生有时就是这样，当你心境不爽的时候，总觉四周树满了各种各样怪异的墙，人就是在这墙的夹缝中苟延残喘着，令人窒息。乡长竞选时，吴剑锋只是作为陪衬参选。他认为自己的官运就像这逝去的韶华一样，已一去不复返了。那时他只想平稳过渡，在副职的位置上就这样坐着，一直坐到退休。可群众还是投了他的票，比内定的乡长仅仅多了那么一票。就是这一票，把吴剑锋推到乡长的位置上，推到今天这泥泞的路上，这淋漓尽致的雨中。当自己成为别人的顶头上司的时候，压制着自己的墙并没有消失，只是换了种形式而已。或许有人认为，自己也是压制别人、令别人窒息的墙。人类的事情有时候就是这样复杂，当我们诅咒别人是墙的时候，我们却无形中做了给别人制造夹缝、令别人窒息的墙。

儿子！吴剑锋心头上猛得一颤。这个宝贝自小就在爷爷溺爱的伞底下出足了风头，自己哪怕指一指头也会伤了老爸的心。他希望儿子上进，可儿子学习成绩总是列在全班的最后，但却形成一种强烈的自尊心和变态的哥们义气。他引导儿子，希望儿子有所悔悟，但儿子就是不听。

"你的那套理论在我们这代人眼中已经显得太迂了。"儿子反过来指责他，"而今最怕的不是没有知识、没有理想，而是没有朋友。不敢为朋友两肋插刀，就没有真正的朋友。"

他辩不过儿子，也就无法说服儿子。或许此时看守所中的儿子正等着他来"保外"呢。让儿子吃吃亏也好，家里他是祖宗，吃吃苦也许能改邪归正。可是，可是自己的同事们又会怎样议论他呢？一室不扫，何以扫天下？连一个家都管不好的人，能做好一乡的工作吗？转而他又恨起自己的妻子来，你知道你的胡闹，带给我的是什么样的后果吗？人间的事，许多时候就是说不清，道不明。比如同事，当他和你一样经常在领导跟前失宠的时候，他一定会和你惺惺相惜；可一旦你高出了他半头，且达不到他的要求的时候，他就会给你说起风凉话来。吴剑锋如今怕的就是这个。当然同志们表面上会同情他，甚至替他叹声气，而背后便会议论他、讥讽他，这是多么尴尬的事啊！

吴剑锋就这样走着想着，想着走着。

浑身的衣服淋湿后，便感到透心得凉了起来。眼前黑咕隆咚的，什么也看不见，离家还有多远，也看不清。不过此时他的神情倒有些悠闲起来，他产生了一种前所未有的放松。当人们清楚一下子达不到预期的目标时，不仅不再着急，反而会坦然起来。现今的吴剑锋就是这种心态。民间不是有句俗语叫"死猪不怕开水烫"吗？当灾害过多地压在一个人的身上，除了初时产生一种本能的惊惧外，反而会无所谓起来。

吴剑锋梳理着自己的思绪，从高中毕业到参加工作；从第一次恋爱到而今的老婆；从……对身边的事物，如果你不是刻意去想，天地并非那么狭窄。可是一旦自己给自己设定了圈子，你就无论如何也摆脱不了了。我们往往太注重得失，而注重得越多，我们周围的天地就越小，小到只能小心翼翼地侧身行。我们甚至担忧这次脚抬起后，下次就没有自己放脚的地方了。其实，只要用开阔的胸襟去面对它，天地也就广阔了。想到这里，吴剑锋笑了。

突然，一束强烈的光束掠过他的视野。

小王将车修好后及时地赶来了。吴剑锋没有听见小王说些什么，木然地上了车。

他太累了。

雪 儿

坐在原告席上的雪儿,已经没有了同龄女孩的清纯,一股受了极大委屈的样子。起诉书列举的与瑞感情不和的例子很苍白,她甚至把与瑞情投意合的自由恋爱都说成了父母亲的包办。纵使这样,也无法掩盖自己婚后不到3个月就出轨的事实。

被告瑞是个高大英俊的小伙子,无论从哪个角度看,都与雪儿十分般配。估计他们结婚的时候,一定引来了不少村人的妒忌与羡慕。但饱含在瑞眉宇间的沧桑似乎让这个刚过弱冠之年不久的小伙子显得过分的稳重成熟。

年轻的女法官坐在审判席上,注视着。她的视角除了二人外表的风流倜傥外,更多质疑原告雪儿的离婚理由。不过对于自取得审判资格以来就一直从事民商事审判的法官来说,她清楚女孩子提起离婚诉讼意味着什么。在偏僻的陇中山区,女人就像文物一样,每离婚一次,就升值一次。

瑞滔滔不绝地说着与雪儿的过去,意图让雪儿回心转意。女法官漫不经心地听着,书记员小虎记记停停。

"我们相识在去乌鲁木齐的火车上。"瑞说。当时雪儿的钱包、身份证都被小偷扒了。是他像大哥哥一样,一路呵护着雪儿到了新疆,然后各自去了预定的打工地点。雪儿的美丽让瑞倾心,但由于家境贫寒,他还不敢考虑自己的终身大事。瑞回忆起雪儿在芳草湖的那场感冒。

当时雪儿和瑞并不在一个连队务瓜,一天一位老乡打来电话说雪儿病了,雪儿希望他来照顾一下自己。瑞从道义出发,到了雪儿所在的某连。雪儿几天高烧不退，已经没有了前几天火车上的光彩。瑞抱起雪儿，雇车把雪儿送到了当地的一家医院。诊断结果更出乎瑞的意料，雪儿除了感冒发烧外，还有比较严重的胸膜炎。他身上带的钱不多，而雪儿仅医疗费上的花费就是一笔不小的开支。瑞只好动用这几年在新疆打拼出来的关系，东挪西借，凑足了这笔不菲的费用。除此之外，他还要肩负照顾雪儿的饮食起居……雪儿康复后，瑞成了雪儿的依靠。才从学校毕业的雪儿，在家里娇生惯养，本来就吃不了这个苦，加上大病初愈的缘故，什么都干不了。瑞肩负起了替雪儿还债的义务，雪儿也把瑞看成了依靠。半年后，雪儿有了身孕。这个时候的瑞刚刚还完了为雪儿治病的费用。

雪儿与瑞的恋爱史慢慢地浮了出来，旁听席上的双方家属有的被感动了。雪儿的大哥狠狠地瞪了雪儿一眼。雪儿的母亲却显得很是不屑。

瑞顿了一下，接着说。雪儿提出结婚，瑞同意了。但雪儿的父母不同意，原因很简单，就是瑞穷！雪儿用绝食的方式向父母亲抗议。终于父母亲屈从了，如果不是因为家境缘故，无论谁都会认为这是绝好的姻缘。你穷，但是彩礼不能少了，按照当地最高的价位，雪儿的父母向瑞索取了彩礼。

"彩礼？"法官眼睛抬了一下，"你把具体项目说清楚。"

"彩礼 8888 元，衣服钱 10000 元，菜水钱 6000 元，三金 10000 元……"瑞说着。

或许这是雪儿的父母亲为了拆散这对鸳鸯，故意这样做的。书记员记着，这样想。

"结婚让我背上了巨额债务，有些甚至是民间的高利贷，"瑞眼泪快要流下来了，"说实在的，说是结婚是人生的大事，喜事，但是要结婚了，我却一点也兴奋不起来。借债的时候，我就考虑如何还债，如果不是因为雪儿有了身孕，这个婚我宁可不结。十几万元，加上利息，接近 20 万元了，我一个打工的小伙子，如何还上？因此婚后不久我就只身外出打工，我希望先前温情的雪儿能体贴我，没想到我走没多久，她就出轨了……"瑞哽咽了，激动地说不下去，停顿了好长时间。法官似乎在思考着什么，突然发现了审判庭内的寂静，怔怔地看着被告。

旁听席上的瑞的母亲，年纪不过 40 来岁，但看上去给人感觉已经接近 60 岁了。应该说她最清楚雪儿离婚的真正原因，但她不能说什么。给儿子说一房亲不容易，如果揭了媳妇的老底，怕他们的婚姻会维持不下去。而亲家母显得有些冷漠，她考虑的是退多少彩礼给瑞。

其实雪儿的出轨在小村已经是路人皆知的秘密。瑞打工去了，雪儿远房的表哥不时来瑞家蹭饭。许多时候，出手大方的表哥会买一只烧鸡，买一捆啤酒来。开始瑞的母亲并不在意，等到发现他们有一腿的时候，已经为时晚了。照顾小孩子的雪儿丢下孩子一出去就是数日。瑞的母亲后悔没有及早发现问题。等瑞打工回来的时候，雪儿故意找茬跟瑞吵了一场，然后就丢下孩子搬到了娘家。瑞的母亲听村里人说，雪儿的表哥已经四处借债，准备给雪儿退礼。法院判多少，就必须一次性交清！这是雪儿母亲的意思。

女法官沉思着。其实多年来审理的离婚案子，都在演绎大同小异的故事，除了情节不同外，几乎都是同样的故事……

雪儿听着瑞的诉说，脸上没有一点表情，似乎在听别人的故事。

汪青阳

1985年生人，甘肃漳县人，漳县人民法院法官。

脊梁不弯

一声刺耳的刹车声划破了寂静的黑夜。

刘梅的身体像断了线的风筝一般飞了出去，鲜红的血液染红了洁白的衬衣，胸前的法徽在车灯的照射下，发出耀眼的光芒，不远处，手机中传来声音："喂，老婆，怎么了？说话啊……"

"我哪有时间啊，丽姐，还有一堆事儿要做呢。"刘梅开着免提，眼睛紧紧盯着电脑屏幕，一边敲击着键盘说道。

"梅子，不是我说你，自从大学毕业后，同学们每次聚会你都不在，咋滴，感情淡了是不？"张丽不满地抱怨着。

"哪有，你又不是不知道我工作的性质，真的是抽不开身啊，回头我闲一点了，请大家吃饭。"刘梅抱歉地说道。

"嘁，少来这套，你都拿这话忽悠我们两三年了，你不来算了，那我们就和小伍他们去喽。"张丽故意把"小伍"两个字加重了语气，拖得老长说道。

"谁？小伍？好吧好吧，我去行了吧，那我赶紧把手头上的事情处理一下，地点时间发我微信，谢喽。"刘梅兴奋地说道。

"跟我还扯这些，想感谢就拿出实际行动来，嗯……我看上一款口红已经很久了，这个你也知道……"张丽坏坏地笑着说。

"废话少说，我买单。"刘梅爽快地答应道。

想到小伍，刘梅的脸上飞起一片绯红，挂了电话，刘梅的思绪飘向了远方……

进入法院工作已经有很多个年头了，一起进来的同事一个个都陆续结婚生子了，唯独她还单着。刘梅也很无奈，想当年自己也是校花，多少男生为她争风吃醋，如今在法院也是办案能手，年年先进，但最终成为阿姨们的重点关照对象。奇葩的是，相亲无数次，竟然没一个男的能坚持过一周，阿姨们问起原因，男生们几乎语调一致，"呵呵，不适合，太忙了"。

上大学期间，刘梅欣赏的人不多，小伍是其中之一，毕业后两人一直联系着，相处得始终不温不火，最近一段时间才发现彼此之间互相爱慕，但可惜两人性格都很内向，窗户纸都不好意思捅破。张丽是刘梅闺蜜，她的想法张丽自然一清二楚，听到张丽的话，刘梅知道是她特意安排的，内心一阵感动，带着激动的心情期待着张丽安排的聚会。

6个月后，度完蜜月回来的刘梅邀请张丽和其他几个要好的同学吃饭，席间众人感慨良多，不经意间多喝了几杯，回到家时，刘梅还有点晕晕乎乎，迷糊中想给张丽打个电话报个平安，手在包里摸索时，掏出来一个大号信封，刘梅莫名其妙地打开一看，顿时，酒精散得一干二净。

整整齐齐的10捆崭新的百元人民币以及一条黄金项链！

刘梅迅速拨通了张丽的电话。

"丽姐，睡了吗？"刘梅问道。

"没呢，在外面呢。"张丽回答道。

"问你个事，是不是咱们同学有人找我帮忙？"刘梅焦急地问道。

"嗯……这个……怎么了？"张丽吞吞吐吐地说道。

"我包里的钱咋回事？"刘梅都快急哭了。

"哎呀，钱嘛，你就拿着花，其他事情别管了。"张丽说得含含糊糊。

"怎么可能不管！你肯定知道事情的来龙去脉，明天中午下班老地方见，你把事情给我说清楚，要不然就是害我！"刘梅说道。

"嗯……那好吧，明天中午再说。"

第二天中午下班时，刘梅准时出现在她和张丽常来的一间咖啡馆，她不时地看着手机上的时间，焦虑不安地等待张丽的出现。

时间刚到两人约好的点，张丽出现在了门口，身后还跟着一个带着夸张墨镜的男人，张丽朝着刘梅走了过来，男人则坐在了不远处的一张桌子边。

张丽刚一坐下，刘梅就拉着她的手低声问道："丽姐，快告诉我，钱咋回事，是不是你中彩票了？"

"呵呵，我要有那命就好了，说实话吧，这钱不是我给你的，是有人托我给你的，而且今天还带了个东西让我一并给你。"说着话，张丽从包里又掏出来一个信封，推到了刘梅面前。

"这是啥？又是钱？"刘梅生气地问道，顺便把昨晚的信封扔到了张丽手中。

"梅子，我也不知道，其实我也是被逼的。"张丽眼中带着泪花说道，"本来我不该做这些，可是我也没办法，我这几年迷上了网赌，输了不少钱，借我钱的人知道我和你关系好，所以让我给你送点东西，上次和这次都是，而且说如果事情办成了，另有重谢！如果你把钱退回来，就把这个信封当着你的面打开。"说着话，张丽轻轻地把信封中的东西取了出来。

一把锋利的匕首出现在了两人面前！

"送东西的人叫什么？"刘梅冷冷地问道。

"我们都管他叫炮哥，混社会的，学名好像叫宋二娃！"张丽眼睛盯着匕首，声音颤抖着回答道。

听到这个名字，刘梅瞬间明白了，宋二娃是本地有名的混混，专门在赌场上放高利贷为业，为人狡猾奸诈，耳目众多，巧立各种名目以躲避公安机关侦查。最近几个月，有多起名为借款合同，实为赌场上放高利贷的案子案诉至法院，恰好都是刘梅承办，其间，宋二娃托了不少人来给刘梅说情，让给判胜诉了，事后必有重谢！刘梅均义正词严地拒绝了，并在查清事实的基础上均予以驳回了宋二娃的诉讼请求，目前手上还剩下一件标的额最大的案子，所以又来了这么一出。

"丽姐，你的事情我会和小伍尽力帮你，这件事情之后咱们再说。你知道我们法院人有我们的纪律和规定，我也理解你的难处，但是！钱和项链，我是肯定不会收的，我会实事求是依法做出判决，匕首也请你还给他，如果因为害怕就判他胜诉，我对不起我胸前的法徽，对不起头顶的国徽！"说着，刘梅将装着钱和项链的信封以及匕首都推到了张丽面前，轻蔑地看了眼对面桌子旁的男人一眼，快步向外走去。

经过大墨镜时，刘梅听到了一声冷哼！

半个月后，刘梅判决宋二娃败诉。

夜幕再次降临，刘梅在敲击完最后一个字后，满意地打了个响指，这个疑难案子终于搞定了，她习惯性地保存了文档，电脑桌面显示她的座右铭："脊梁不弯！"

拖着疲惫的身体走出了法院的大门，使劲伸了伸懒腰，无比舒服。刘梅无意间回头看了看大楼上的国徽，露出笑容，法院虽忙，但无悔青春！

又让小伍一个人在家吃饭了，刘梅心里愧疚地想到。

赶紧回家吧，今晚还稍微早一些，难得在11点之前回家，最近一段时间，小伍念念不忘要去撸串，今晚可以实现一下，想到这里，刘梅掏出手机，拨通了小伍的电话……

远处，一辆黑色的轿车突然开始加速……

本文以周春梅法官为原型创作。

2021年1月12日，湖南省高级人民法院审判监督第一庭副庭长周春梅同志因不徇私情多次拒绝同乡、校友向某打招呼以达到胜诉目的，被向某残忍杀害，年仅45岁。周春梅同志在法院工作17年间，始终坚定一名共产党员的信念，工作上勤勉敬业、不徇私情，公正司法，拒绝办人情案、关系案，自觉执行"三个规定"的要求，以生命捍卫了法律尊严，树立了新时代法官的精神丰碑。她的先进事迹是弘扬英模精神、开展政法队伍教育整顿的感人教材，是我们每个法院人学习的榜样。

武小霞

1988年生人，甘肃会宁县人，漳县人民法院立案庭书记员。

距 离

　　俗话说春雨贵如油，但今年初春的雨似乎有些廉价，下起来就没有停歇的意思。天气似乎又退回到了刚刚过去的冬天，冷得出奇。

　　早上，前来起诉的当事人并不多，以致偌大的诉讼服务大厅显得冷冷清清。我在工作台上坐下后，打开电脑，正准备拿水壶去接水，突然听见犹犹豫豫的脚步声朝我这边走来，呼吸也格外急促。我抬起头来，看见一位大叔，穿着一件没有拉链的旧棉衣，腰中间用一根绳子绑着，他有些腼腆地朝我走过来，唯唯诺诺地问我："领导，你上班了？"我一看就知道是从山区来的农民，如果不是遇到过不去的坎，是不会轻易来法院的。我笑脸相迎，说："嗯，大叔，我不是领导，你有什么事吗？"他吞吞吐吐，支支吾吾，好半天不知道要说什么，倒是把半边脸先憋红了。我的父母都是农民，我知道他心里想着什么。我知道人与人之间是有距离的，尤其是当他以弱势群体的姿态出现在立案大厅的时候，这种感觉尤为明显，但我以我的耐心，不厌其烦，让他解除了对我的戒备，对我的恐惧，一点一点拉近了我们之间的距离，使他能够敞开心扉，跟我交流……

两年前，经熟人王氏介绍，他去新疆建筑工地打工，工程完工后，老板只是给了他一点路费，开了一张白头欠条，就把他们几个打发了，说是过不了几天就把款子打过来。回来后起初打电话老板还能接，后来就直接拉黑了电话号码，打过去只是忙音。听说法院能管这些无良老板，所以一大早就过来了。他又说，老板王某是同村人，常年在新疆包工，长期居住在新疆。我就告诉他这个案件不属于漳县法院的受案范围，他听说漳县法院不管后，就扑通一声跪在了大厅里，呼天喊地地叫起青天大老爷来，以致惊动了值班法警。我离开工作台，给他倒了一杯水，先让他情绪稳定下来。他告诉我没有希望了，他划不来专门跑到新疆起诉去。

今年我院两个"一站式"诉服中心运行以来，针对人民群众异地诉讼不便，漳县法院坚持问题导向，加大跨域立案的改革步伐。我了解到各地法院都开通了云上法庭，审理一些案件，正好这位大叔的情况特殊，完全可以通过跨域立案减轻他的诉累，我把这些情况详细跟他说了以后，他听得似懂非懂。鉴于这种情况，我联系了司法局援助中心，帮他免费写好了诉状，复印了一些证据材料。案件在半个小时之内已经被对方受理。

大叔看到诉服中心这么高的办事效率，非常激动，连着给我说了好几声谢谢。我告诉他，这些都是我的分内工作，作为立案庭的一名干警，能够帮助到他，我也感到欣慰。

有一天，立案庭的座机响了，当我一如往常地接起电话，恰好是找我的，一个熟悉又陌生的声音传了过来，短暂的错愕之后，我听出是那位大叔打来的，他激动地告诉我，他的案子结了，要了几年的钱终于要回来了，他再一次给我说了感谢的话。

其实，不管是我和大叔之间，还是两个法院之间，都是有距离的，只要我们用心，用热情，就可以缩短我们之间的距离，包括人与人之间的距离，心与心之间的距离。

张　翔

张电影开会（外一篇）

　　张电影真名是什么其实我并不清楚，在 20 世纪 70 年代，他是县城电影院的放映员，所以有了张电影这个称呼。在那个信息闭塞，时间过得很慢的年代里，看一次电影，便成了人们许久的谈资，故而，张电影成为一代人的传奇。

　　那天早晨，伴随着一声鸡鸣，他就收拾东西准备下乡，早年交通不甚便利，如今短短的距离，在当时可能要花现在数倍的时间。据说县委书记下乡也是拿个棍子就走了，我还好奇为什么拿棍子，后来才知道棍子一是为了打狗，二是累了多条"腿"。

　　张电影背着干粮和一个几乎掉光了漆的军用水壶就出发了，一路颠簸，三个小时才抵达老乡家里，人还在寒暄之际，单位就通过给大队部打电话送达了通知，"接到市里通知，要张电影去开会，抓紧出发，不要耽搁了"。

　　村长又和几个村里的干部赶忙去找张电影，结果没寻见人，村长又去找刘大妈，得知张电影和王大爷走了，村长道："哎呀，这个张电影，来一趟就要在老乡家里喝喝茶，真是个臭毛病呀！"村干部小徐忍不住笑了，道："您还不晓得我张爸吗？就是个实在人呀！"随着一阵的笑声，步伐越来越急。

　　乡里人都喜欢在农忙后喝茶，就是困难时期也要找点沫沫儿茶叶，这习惯在北方尤为突出。村长到了王大爷家，张电影果然在，而且刘大妈猜得一点不假，张电影正和王大爷盘坐在炕上喝茶。

　　村长对张电影说："赶紧，县里有通知，叫你去市里开会，拾掇拾掇快去吧，耽搁了你老小子就吃大亏了。"

张电影快速下炕穿着鞋说："成，这就去。"

就在此时，说话的村长却脱了鞋上炕，和王大爷喝起了茶，乡里人就是这么随意且实在，生活亦是如此恬淡惬意。

张电影出了房门就在院子的井里灌满了一壶水，拿着棍子往县城赶，沿途遇到了隔壁村的后生狗娃赶着驴车去县里买化肥，他顺路搭了一程，两人一路聊着家常到了县城。张电影径直走向火车站，和售票员调侃了几句，就在候车室等了。焦急之余，他时不时摸摸自己的水壶，心里默默想着"可不敢迟到啊"。

上了火车坐下，就开始和周围乘客攀谈，有些是干部，有些是工人，大家都很随意地坐着，聊着。那时候火车很慢，时间也过得慢，漫长的旅途中，张电影心里总有个声音，"可不敢迟到啊，可不能睡着啊，错过站就麻烦了"。

这一路上张电影是一直忍着，一刻也不敢睡，过了几个小时许是实在忍不住了，抑或是真累了，就在快要到站的时候偏偏睡着了。这一觉真是香，张电影睁开眼睛就感觉不妙，周围的人都变了，他焦急地寻找着列车员想问问到哪了。看到一个40岁左右穿着制服的女人从过道里走来，他开口问："同志，这是哪了？"列车员眼神里透出一丝不屑，语气生硬且不耐烦地回答："下一站宝鸡。"张电影表情大变："嘻，咋弄哩，过站咯。"

周围的人瞬间都朝着张电影看了过来，仿佛这无聊的旅途多了那么一点点乐子，有人交头接耳，有人掩面咧嘴，车厢里传来轻微的笑声和议论声。

张电影垂头丧气地等到了宝鸡车站，刚下车就去售票厅询问最快的去市里的车，还好半小时后就有一趟，在候车室等了会就又上了往回走的列车，看着眼前的陌生人，张电影心里那叫一个焦急。说也好笑，他上车不久又困了，忍着瞌睡走了好久，在快到市里时睡着了。

眼睛睁开，看到车道两边熟悉的风景，不用说，快到县里了，这次他心里不只是焦急，可能还有一些无法描述的感觉。下了车，买了票，继续上路吧。

这次他是绝对不敢再睡，一天的时间就浪费了，虽然市里一般会考虑各个地方的远近，但像他这样真的怕赶不上。这次的他不敢坐，一直站着，快到市里时又开始犯困，马上到市区前一站的平阳川车站时，他想，"到了平阳川，翻过一座山就到市里了，我下车走过去，不信这次还能睡着"，于是张电影在平阳川车站下了车。

下了车吹着风倒是精神了不少，心情愉快地走着，也许还想着，"虽然来回错过的两次，浪费了钱，不过还是我聪明，不信治不住个瞌睡"。过去人经常步行，一座山对张电影来说不算什么，但不幸的是张电影却走了一天多。

原来，过去的人没有身份证，出门都要介绍信，况且那几年政策比较严，张电影刚上了山就被几个村里人堵住问他："你是哪来的，干吗去的？"张电影："我是去市里开会的。"人家又说："那介绍信呢？拿出来看看。"张电影又一次慌了，"嗐，忘了，我是 A 县的张电影啊"，人家说："管你是张电影还是王电影，没有介绍信就不能过。"

就这样，他被抓去做了一天的土砖，人家看他挺老实的，不像是个当时人们口中的"盲流"就放了他。张电影一路下了山，不像开始时那样着急地赶路，只是默默低头走着，也许他意识到这次真的迟了，走到招待所时他看到一个打扫卫生的姑娘，就问："同志，我是开会来的，到哪报到？"小姑娘惊奇地问道："什么会？"

"就是全市的电影下乡会啊！"

小姑娘扑哧一声笑开了花："我的老爸哟，昨天就开完咯。"

老 犬

　　远山的牧场里，犬懒懒地睡在草地。它耷拉着脑袋，让姿势尽可能显得舒适，高贵的头颅上那一片被主人抚摸得很是光亮的毛发，犹如崭新的王冠。身边时不时有调皮的羊儿与族群走散，埋着头吃草总会忘了自己的处境吧，然而只是一声凌厉的犬吠，傻了吧唧的羊儿便会小跑着回去。哦，它是羊群骄傲的管理者啊！

　　夏天的牧场风景秀美，更有微风徐徐，可眼前的风景对于日复一日的犬来说是这般的无趣，回想起自己出生40天的时候便被主人带到了牧场，在有限的生命里几乎再没见过什么同类，而主人一直告诉它，"外面的世界没有多好，那些兔子总难免成为狼的食物，而到了冬天，大雪封山，许多的狼也会饿死"。主人总会准时将一日三餐奉上，总会夸奖犬的勇武，偶有狼群路过，犬站直身躯吠鸣，主人挎上猎枪出来，狼群在不远处低声嘶鸣，像极了一个弱者不忿地怒辩。

　　每每如此，犬便会在心底里为自己喝彩，"瞧啊，那些个蠢狼这个冬天又瘦了一圈，它们有什么资格敢觊觎这群傻羊，等到了年关，主人又会给我奉上美味的羊大骨，这可是只有我才配享用的美味"。

　　狼群不甘心地离开，在凛冽的风雪里消失于远山深处，偶尔的几声嚎叫混杂在风声之间，让冬天的荒凉显得格外真切。主人俯身摸一摸犬的头，再转身回屋，留下犬独自欣赏这轻而易举的胜利。久而久之，犬便以为自己是这牧场的王者，甚至是大山原野的王者，是无须出手便会令百兽臣服的骄傲的王啊！

也许是日子过得太久，又或许犬真的有些老了，在一个冬天的夜晚，狼群偷偷潜入了牧场，拖走了几只嗷嗷待哺的羊羔，然而犬丝毫没有觉察，竟昏睡至清晨。暴怒的主人拖着皮鞭狠狠抽打老犬，咆哮地骂着："你这只该死的蠢狗，狼来了都不知道，我可怜的羊羔子没了，你知道那值多少钱吗？你果然只是个愚蠢的畜生！"

此刻的犬绝望至极，它想要反抗却没有勇气，任由皮鞭在身上肆虐，鲜血染红了往日鲜亮的皮毛，眼角一颗颗热泪滚落，主人却好像没有听到它的哀嚎、求饶、悲鸣，在一阵又一阵剧烈的疼痛中，犬终究还是昏死过去。

醒来已是深夜，主人早已睡去，饥饿开始在腹中作祟，饥肠辘辘的犬拖着疼痛的身躯，踱着步，向着熟悉的饭碗走去，然而再也没有半个冰冷的馒头。

这是一只绝望的老犬，不甘与愤懑在心底徘徊，犬还是离开了牧场，学着曾经鄙夷的狼的模样，向着远山深处跑去，耳边是风声呜咽，是在控诉命运的不公？老犬或许还会与狼群相遇，只是不知道这一次，还能不能不战而屈人之兵？

暮年之犬，垂垂老矣，任凭风雪洒满全身，当最后一片雪盖上，老犬再也抬不起来脚步，在这洁白的棺椁之中，老犬已然死去，只是耳边不知怎会响起那句："永远奋斗，才能永远年轻。"

何岩柯

校门口的人

　　每天早上十点，当初中的学生开始做早操的时候，校门口总是会出现一个十分怪异的人：戴着一顶发黑的鸭舌帽，身上穿着一件较长的蓝色上衣，衣服被油渍染得黑黢黢的，在太阳下发亮，我猜想他的帽子也许并不是黑色的。

　　让人感到诧异的是，一个明明很瘦很高的人，腰身却十分臃肿，当人们走到他身边的时候便恍然大悟——他在自己的衣服下面绑了许多塑料瓶子。这个人胳膊下面永远夹着一把铁锹，那把铁锹出奇干净，锹把也出奇长，快要赶得上他的身高了，裤子和衣服一样，在太阳下发光，至于那双早就磨破的绿色军鞋，反倒没那么起眼了。

　　每天他都会来小镇的街道上闲逛，他好像对任何事物都不感兴趣，除了街边有人扔掉的吃食。他吃东西的样子怎么看怎么别扭——缺了两根手指的右手握不紧那张发霉的大饼，可他却偏不用自己完好的左手，快要脱落的牙齿根本无法咀嚼，只能象征性地嚼两下，然后解下腰间的一个瓶子，从水沟里舀一些水，将大饼冲到肚子里。这时如果有车子路过带起灰尘，他便会骂骂咧咧地将大饼拍两下，好像要拍落上面落的土，然后装进那件发光的衣服口袋里，夹起自己的铁锹，边骂边离开，到了第二天，又是同样的重复。

　　早上10点的校门口，便成了他的天下，当上操的学生出现在操场的时候，他便目不转睛地看着，发黄的牙齿从他咧开的嘴里露了出来。这个时候如果有哪个不开眼的打扰到他之后还没有跑的话，那么挨一铁锹把是避免不了的了。

当学生做完操离开后，他便又恢复了原来的模样，仿佛不记得自己做过什么，也不理会挨打的那人愤怒的眼神，自顾自地离开了，临走时往校门口的电线杆上吐了一口唾沫，那根电线杆也跟他的衣服一样，黑得在太阳下发光。

结　婚

　　天还未亮，韩家院子里便已经早早地忙碌了起来，原本在这样的夏季，乡里人早起干活很是正常，但是今天对于韩家来说非比寻常，因为是韩家大儿子强娃结婚的日子。

　　对于强娃来说，这样的日子已经不陌生，因为这已经不是他第一次结婚了。原本强娃是有一桩婚事的，大约在两年前，他就结过一次婚，据说新媳妇没法生育，不长时间就又进了一次民政局。强娃家有钱，强娃爹在外地包工，几十年下来也赚了不少，手头宽裕，脾气也大，强娃头一个媳妇的离开与这父子俩的家暴也有很大关系。婚已经离了，但是高额彩礼却一直没有扯清楚，女方因为女儿受了苦想扣下一部分礼金，强娃爹却想全部讨回，就这样，又闹腾了大半年，最后也不知道怎么处理的。强娃前妻是我们邻庄的，和强娃离婚后不久又结婚了，一年以后生下了一个大胖小子……

　　强娃家本不在我们庄里，他家在一个叫作韩家坪的地方，他爹在六个兄弟里面排行老五，原本的地方不够六个弟兄安家，就只好来强娃妈娘家落了户。强娃妈是我的堂姐，她家原本有个儿子，轮不到女婿来，可惜我的那个哥哥在媳妇跑了后就得病死了，只留下两个女儿。我对这个嫂子的记忆不深，只在小小的时候见过，前年的时候回来过一次，公公没让进家门，就到强娃家折腾，强娃爹和我嫂子认识，甚至有不浅的关系。哭了闹了，嫂子也就走了，也没见着自己的两个女儿。

　　我哥的两个孩子大的17岁，小的12岁，五伯婶怕老了没人送终，就答应让女婿在这边盖房安家，但是不能占老房子，这还是我父亲兄弟几个多次劝说的结果，五伯准备依靠强娃家，所以什么事都依着，两家人进入了和平时期。

可惜这段和平时期很快就消亡了。过年的时候听到消息，强娃又准备结婚了，女方家不要彩礼，但是需要换亲。强娃爹准备将五伯的大孙女嫁到女方家给新娘的哥哥当媳妇，然后女方再将女儿嫁过来，这下我的另一个堂姐不乐意了，赶忙从外地回家，把大侄女带走了。强娃爹知道后大发雷霆，在五伯家里闹完又来我家里闹，最后没有办法，只好又备了一份厚厚的彩礼给了女方家。

婚事就这样敲定了，剩下的就是准备婚礼，强娃爹从城里叫了厨子，材料用具一应俱全，可惜厨子太过专业，以至于最后连双要用的筷子都没有多余的。

我到强娃家的时候新娘还没有来，院子里只有几个同庄的在帮忙收拾，而主角强娃则满眼呆滞地坐在椅子上。强娃比我大不了几岁，小学还没上完便跟着他爹打工，可惜没有他爹的本事，十几年下来还是老样子。记得初中时过年，庄里办社火，大人塞给我一个灯笼，我举到中途想回家，但是灯笼却需要人来举，正巧这时看到了人群中的强娃，于是计出心头，挪到他身边，借口上厕所，让他替我举几分钟，交给他以后我便跑了。无巧不成书，第二天我就在路上碰到了他和我婶，他一看到我就指着对我婶说："就是他，就是他把灯笼塞给我就跑了。"话还没说完，他的脖子就被我婶狠狠拍了一巴掌："怎么说话呢？那是你舅舅。"我尴尬地笑了笑，告辞快步离开。

强娃见我进来，笑着问了声好，我问他怎么还没去接新娘，他说时辰还没到，于是便没了下文。我也再没搭话，径直走进堂屋，屋里坐着五伯和强娃爹，五伯见我进来问了一句，再没有说话，脸色十分差。强娃爹招呼我坐下，和我有一搭没一搭地聊了起来，强娃爹脸上并没有多少笑容，整个婚礼现场十分诡异，只有房中的大红对联苦苦支撑着场面。

过了好长时间，新娘终于来了，这时强娃爹才有了久违的笑容，小跑着出去迎亲了……

童养媳

阿梅刚来何家的时候 7 岁，廷贤比她大几岁，已经从私塾出来上小学了。阿梅的爹牵着她的手走进何家，这时的阿梅还懵懵懂懂，只知道自己是去了夫家，什么是丈夫，她一概不知，她只知道自己以后要在这个家里生活下去了，因为家里已经没了吃食，少一个阿梅，家里人便多一分活下去的希望。

廷贤放学回到家的时候，看到阿梅和她爹，面对陌生的两人不知说些什么，敷衍地问了声好便跑到母亲的房间里去了，当年廷贤爹和阿梅爹定下亲事的时候他俩还未出生，日子已十分久远，这两个小人儿又怎么会记得呢？

父亲走了，没带走阿梅，阿梅心里却也没有多少悲伤，白白的馒头和肥肥的肉片将原本就所剩无几的悲伤遮盖得严严实实。那时的廷贤家还未破落，是锦屏的大地主，也正是因为如此，阿梅爹才舍得将女儿早早送到何家。阿梅爹带着些粮食走了，没有回家，而是带着阿梅娘、阿梅的姐姐一齐去了外地乞讨，阿梅是幸运的，那个悲惨的年代，死的人不知有多少，如阿梅一样有人收留活下来的很少很少。

阿梅就这样住了下来，农家的姑娘早早当家，阿梅也一样，干着自己该干的那份活计。廷贤家是地主，种着许多地，阿梅的活就是农忙时给割麦的麦客们送饭，也同他们一起吃饭。麦客们辛苦，脾气也不小；阿梅年纪小，心计却不少：第一天饭少汤多，阿梅想吃干的，于是给自己盛了一碗干干的面片；第二天饭多汤少，阿梅又想吃稀点，于是把为数不多的汤倒到自己碗中。麦客们十分不快："这是谁家的姑娘还是小媳妇？饭多的时候你要喝汤，饭少的时候你又要多吃饭，我要问问老爷是个啥说法。"于是阿梅再也不敢如此，小媳妇的地位是比不上亲闺女的，若是真叫麦客们告诉了廷贤爹，阿梅怕是少不得挨骂。

阿梅15岁的时候和廷贤正式成亲，对于阿梅来说，一切都是原来的模样，一切又都不是原来的模样了。

廷贤的父亲患了不知什么病，已到弥留之际，何家人将他从锦屏抬回白庄祖宅，可到包家湾山头的时候，廷贤爹吐血不止，还没到白庄就已经咽了气。廷贤爹死后，家道中落，日子过得一日不如一日，大部分地产也早早变卖，家里都靠廷贤大哥撑着，饶是如此，也未能改变当时的境况，大哥毕竟不如他父亲会经营，到最后何家只是一家普通的农户了。

生活困难，廷贤的学业却没有耽搁，上完小学又去上师范，已有一年多未归家。廷贤娘信佛，家中专门留出一个房子当作佛堂，阿梅每日起来先帮婆婆打扫完佛堂，再去干别的活。日子清苦，活计繁多，阿梅每日要起很早才能将那些活干完，可她从未觉得有何不对，仿佛天经地义，娘家的记忆快要消散了，这儿便是自己的家，廷贤可以去学校，婆婆可以进佛堂，但是她又能躲到哪儿去呢？

廷贤师范毕业后分到县城小学教书，半个月回一趟家，书生肩不能扛手不能提，不仅没有帮到阿梅半分，反而还要阿梅多做一个人的饭、多烧一个人的炕，但阿梅却十分开心，虽然只能半月回来一次，虽然要她多做一些事，虽然教书的丈夫与她没有多少共同语言，但这却让阿梅多了一份念想。阿梅能与廷贤聊的只是些家中琐事：家中收成几何、庄稼长得怎么样、隔壁的某某阿婶干了件怎样的蠢事……多数时候是阿梅说，廷贤听，偶尔才会随口应和一句，看得出来他对这些话题并不感兴趣，但是阿梅总是乐此不疲，她需要她的丈夫知道，她在这家中多勤快、多么不可或缺。

战争的火焰没有蔓延到锦屏，却烧进了廷贤的心里。那一天廷贤在陇西的一座山头远眺，两架日本战机从他的头顶呼啸而过，少年时的热血在此刻又重新沸腾，书中所教家国天下在廷贤的脑中再次浮现，他决定弃文从军。

　　阿梅对于廷贤的决定没有多说什么，多年的共同生活让她学会了顺从，她没有去过远处，也不知道战争是什么，关于战争唯一知道的是，整个白庄愿意去当兵的只有自己的丈夫。她替廷贤打点好行囊，大哥拉了一头驴载着廷贤去了征兵点。廷贤是文人，所以并没有上前线，只是被安排到后方新闻局工作，可是战争年代哪有什么平静之地，外敌投降了，内战却又开始了……

　　廷贤不知道的是，他的死讯已经传回家乡，所有人都以为廷贤死于那场战斗，三人成虎，何家老小相信了，白庄人相信了，阿梅也就相信了。没有人知道阿梅在背后哭过多少次，也没人知道她在打扫佛堂时拜了几回菩萨，此时在大家面前的阿梅，还是那个顺从的小媳妇。

　　廷贤的葬礼十分简陋，没有陪葬，没有纸火，没有尸首，只有装了两件衣服的一口薄棺，庄里人帮忙抬到坟地草草掩埋。回家的时候，阿梅的手有些颤抖。

　　过了一个多月，有一个人急匆匆跑进白庄，跑到何家，这个人是廷贤的外甥，他带来了一个消息——廷贤还活着。原来廷贤在山西被红军所俘，首长问廷贤：想回家还是想当兵？廷贤说想回家，于是给了他几块大洋，让他走了。廷贤到家乡后先去了姐姐家，姐姐看到弟弟平安归来喜极而泣，连忙打发儿子率先去家中报平安，又让丈夫架上驴车，载廷贤回家。廷贤回到家后坟也赶紧挖了，不吉利。阿梅还是和以前一样给他说一些琐事，仿佛丈夫从未出过远门，还是在学校教书的那个丈夫。

　　廷贤回家后继续在学校任教，一年以后那支红军部队路过甘肃，首长还记得这个懂音乐懂画画、还能用简陋工具做二胡的年轻人，便给他写信，希望他来部队。廷贤没有回信，多年以后廷贤想起这件事十分后悔，他说若是当年他真的跟着去了，后来的日子也许就没有那么难过了。

　　多年以后"文革"开始，廷贤参加过国军，于是被批斗、戴帽游行……再后来廷贤被下放到另一个镇子干活，家中只剩下阿梅和几个孩子，阿梅一个人操持着整个家。廷贤回不了家，她就让孩子隔几天送一次食物，其实廷贤在镇上有吃有喝，生活过得要比家里好，可阿梅却固执地认为丈夫在外面受了苦，家里少吃点也要给丈夫省一口。

"文革"结束后，廷贤平反，以前的工资也都发了下来。阿梅却因多年操劳，旧疾加新病，已经不能干活，还好儿子儿媳已能独当一面，后来阿梅又因腿疾无法下地，终生再未走出她待了一辈子的白庄。

阿梅是我的奶奶，在我两岁时便已去世，我对她的记忆少之又少，只是通过父亲的只言片语和爷爷的笔记了解了她。惭愧的是我竟连奶奶的名字都不知道，只能以"阿梅"代替，爷爷在他的笔记里这样写道："我的妻子对我而言像是姐姐，她一直伺候我，在家帮忙，我和她从小生活在一起，所以对结婚没有什么想法，她经常提起她童养媳的身份，每次一吵架就说自己给何家当了一辈子童养媳，我也在这件事上对不起她……"

后来我再没有听过关于奶奶的故事，除了父亲与伯伯，谁又能想起那个裹着小脚的童养媳呢？

法苑漫笔——漳县法院干警作品集（第二辑）

诗歌

编

李永录
———

季节里的思绪

那一季漫天的飞雪
把世界装成童话里的白色
凛冽的北风
吹凉内心的温热
我竟无视童话国度的浪漫
和寒风夹雪的彻骨冰凉
心忧那飘逸婀娜的飞花
再也回不到我笑意盈盈的视野
茫然失措的心思
僵冷在雪地冰天

那一季炎夏的热情
足以点燃千年的冰河
循着池亭水榭的回廊
重走梦里千回的香径故园
只为找回错失的岁月韶华
拣拾艳夏荷的记忆
惬意悠然的情思
绚烂整个盛夏

那一季金秋层林尽染

将多愁善感的心思放逐深秋

如虹似梦飘舞的枫叶

落不尽絮语缠绵

只想找一个白花如雪的去处

再将一世的缱绻春梦

对酌慢饮

这一刻春色如画

漫天的缤纷落英

竟找不到那条曾经托梦的小河

是河水厌倦了太多的倾诉

还是飞花错落了

千帆过尽的渡口

独留花影暗自飘零

久等你再次拣起失落的春愁

冯　毅

父亲的大盖帽

七月　这个暑气蒸人的
季节　我看见了父亲留下的
大盖帽
闻到了父亲的气息
浓烈的烟草味道

现在的我
不戴大盖帽
但灵魂深处　有着
和父亲一样的情结

那个季节
父亲戴着大盖帽
走家串户
踏遍乡间小道
有纠纷的地方
就会有父亲的大盖帽出现

那个季节父亲很神气

只要父亲的大盖帽出现

矛盾的双方　总会

听从父亲的调解

握手言和

于是

父亲习惯地用衣袖

擦一擦大盖帽

放在最显眼的地方

盘腿坐下

掏出自制的喇叭烟

呛人地抽起来

父亲　总是在这个季节

出门　妈妈和我

站在　七月的黄昏里

总在等待　一顶

早出晚归的大盖帽

那年

没有了大盖帽的父亲

出了趟远门

在街道上

制止一场械斗

父亲太自信了

他大喝一声

便倒了下去

竟把自己当成
早出晚归的
乡村法官

父亲这趟远门
再没能回家
从此　有一顶大盖帽
停留在我的记忆里
——忧伤

法庭纪事（外二首）

我总会把法庭生活写成最美的诗
诗的意象，离不开法律
离不开法官，离不开案件
离不开我生活的影子

我总会把同事写成诗
法庭的我们
不外乎审案、接待来访群众
调解，写法律文书，做当事人工作
写进诗里的
都是只认法理法条
不能融入庸俗社会　抑或
不会讨好人际关系的员额
或者埋头苦干的小助理
傻不拉几刚入职的书记员

想想能入我诗的
大都在基层乡下
大都在法庭一线

大都是和我有着一样经历的人

而那些时候
要么没有时间　没有条件
要么不懂诗
现在时间条件有了
但没有了写诗的心情
要么就干脆没有灵气
写什么所谓的诗

写判决

深夜　灯光下

挪前　移后

换上去　又撤下来

写写改改　总拿不定主意

为了自己不太成熟的法治思维

能有个更准确的表达

为了当事人权益能得到最大化

为了法治的明天更加美好

辛苦了眼睛

劳累了手指头

委屈了电脑

也疲惫了那些

趁着夜里刚要歇息的法理法条

窗前的烟囱

整个冬天，目光穿过五楼窗户的玻璃

就能看见供暖公司

煤的火葬场里

耸立着一座巨型烟囱

它每天都在用黑色的口吻

控诉着资源的命运　环境的代价

办案回来　开庭结束

就会独自坐在窗前

撰写裁判文书　抑或

晒晒太阳、看书写诗

刷刷微信圈

向同事亲人、朋友们

传递生的意义和价值

眼睛累了

就会不由自主地抬起头来

慰问一下那座烟囱

顾念一下那些

由生而死的浓烟
突然间想到
为了生存的环境
怎么用一纸诉状
把自己的目光　抑或
那座烟囱告上法庭

法官的诗

法官的诗
长在一片
叫作法律的土地上
播种正义
收获公平

法官的诗
根据事实反复斟酌
依照法律认真修正
通过法条法理的构想
托起鲜红的天平

法官的诗
没有浪漫　没有抒情
严肃执法　热情服务
是法官写诗永恒的主题
推敲诗句
就是锤炼法的灵魂
锤炼诗人的法律人格

办案随想

下乡办案之际

站在高高的山梁

眺望远方

淡淡的白云

飘在眼际

脚下长满希望与葱茏

云的高度

也是心的高度

村民仰望与渴盼的目光

播种下法的种子

根系在发育生长

公平正义在心中起伏跌宕

定纷止争在耳边回响

责任与价值的力量

铸就人生

选择法官

注定这辈子

要站在这个高度

把法治的种子

洒播在民众心里

让法治之花

绚丽多彩

让法治的幼苗

在乡村广袤的田野上

苗壮成长

让众多的父老乡亲

学法用法

并用法律

维护权益

走过康桥

走过康桥

送达法律文书

涉水而过的心情

一种如释重负的感觉

心也悠悠　水也悠悠

河水贯流　那不是

徐志摩再别的康桥

是康家河的"便民桥"

脚在桥上

桥在水上

水载桥是为方便

村民出行

没有鸿沟

桥载人是为了

平息对岸

一件邻里纠纷　希望

人与人之间

和睦相处

没有争执

法的断想

寒冷的冬季风　吹过

国家法官学院的天空

中国法治史那节课

我幼稚的想　要是

法治早于人治

现在的感觉一定很飒

三十多岁的女同行

走上宽敞的讲台

伴我激情的心房　来讲

法治的历史

像讲她亲身经历过的故事

趁她低头放下讲稿的瞬间

我溜出窗外的思绪

轻手轻脚走回来

像幼儿园的小朋友

背过手去专心听讲

她绘声绘色

以至和商鞅萧何牵手

走过不别亲疏

不殊贵贱的雨季

听两千多年前

沈家本潮湿的日子

历历往事

仍旧在记忆里轰响

伦理和道德之上

是中华法治文化的渊源

她以法官的视角　体味

博大精深内涵丰富的法系

她以学者的睿智

介绍法的过去　现在　未来

献给一位早逝的法官

秋叶飘落　天空很寥廓

多少迷离的双眼

为你送行

萧瑟的秋风吹不走

老百姓的信赖

把你织成一幅锦绣

悬挂在心头

是天平

赋予你人生高度

头顶国徽　心存正义

使生命之花飞扬

把法治理念

幻化成一面旗帜

在秋风中招展

你的法官生涯

在一片叫作法苑的土地上

辛勤耕耘

收获平凡　清正
为民理念的提升
延伸你的追求
你的信念
为民是你人生轨迹上
一个赋予法律化的符号
一个永不停止的动点

你的一生
清清白白　一廉如水
留下的是
不朽的法治精神
诠释人间悲欢离合
铸就时代丰碑

你短暂的一生
一位普通法官的追求
为法而生而死
是一种命运
为民而爱而恨
是另一种命运

红崖磨

蓝天上
游动的云彩
是朵朵牡丹花
一垄垄被晨曦沐浴着
像天使无意撒落
凡间的花瓣
落在了
一个叫红崖磨的地方
倾城的色泽
像云霞落地生根

梦醒时
黎明的曙光
一颗颗露珠
清洗岁月已老的容颜
突然间
想起故乡的牡丹园
浓浓乡语缠绕山道与车轮

看那降落凡间的仙女

不由得要惊呼一声的美
醉倒怀里不思归去的香
天上有这样的蓝和白
真好
地下有这样的牡丹园
真香

思念岁月

坐在岁月的岸边

揣摩以往的心事

童年的歌谣自水面漂来

颤颤地

一如河底的水草

声声鸽哨掠过村庄

静谧地盘旋

如平和的心事

久违多年的伙伴

仍在太阳下重复

柳笛横吹的心曲

流水使往事模糊又清晰

在岁月长成的年轮里

丈量心灵的距离

心海酣然的梦境里

悄悄思念远方的情人

倾听禾声

躬耕的锄头

传出

万物生长的声音

看陇上的新叶

就看到父亲脸上的

笑纹　谷子溢出的清香

汗水噼啪滴滴

一种生命深处的

声音在扩散

阳光在弯曲的身影上颤抖

响起春天奏鸣曲

倾听禾声

一种亲近土地的姿势

一种耳朵不能感受的

向往

粮囤与荒草之间

千年不歇的传说

煤化石

是梦做得太多
还是沉睡得太久
醒来的那一刻
裂变
涅槃

几万年前的绿色
希望的渴求
凝视挺直的躯干
蜕变后的重生
就会想起
寒冬中的温暖

王富玉

　　1968 年生人，甘肃漳县人，漳县人民法院一级主任科员。有作品在《人民司法》《人民之声报》《定西日报》等报纸杂志刊登。

庄　稼

一经入地

便孕育出庄稼人无数遐思

无数希冀

一夜间透出的新绿

又给人怎样的惊喜

是你

撑一片希望的天空

从此

像一个擎天柱

在土地上骄傲站立

庄稼

是魔术师

她用整块整块的颜料

濡染大地

黄的金黄

蓝的纯蓝

绿的油绿

青春的色彩在变幻

充满芬芳

充满诗意

秋来了

小麦、大豆、玉米……

庄稼

精神饱满

整齐肃立

一个个方阵

像等待检阅的军队

成熟的气息

自信的喧语

让你坚信

又一季丰收的喜悦

漫过大江南北

我与老鼠对峙

在乡下老土屋睡觉

老鼠太多

吵得彻夜难眠

只好将灯打开

老鼠怕光

似乎消停了一会儿

第二晚

锅碗依旧铿然有声

鼠有时甚至穿过炕沿

鼠眼乌黑发亮

我用指节敲击炕沿：

你这可恶的小家伙想干什么

鼠们对答：

别妨碍我们讨生活

只有灯泡无言

灯泡以外

黑夜无言

好　梦

黎明的微波

将我的好梦

一丝丝抽走

我抓住最后的一根

最最美好的一根

拉拽摩挲

在梦与醒的边缘苦苦挣扎

终于还是醒了

我真想

把梦中拣到的美好和纯真

风干

贮藏起来

慢慢反刍

老 子

两千多年前

在母爱的呵护下

你从故乡曲仁里一路走来

投师问路

把周室的藏书读了个遍

无中生有

硬生生创出个道来

从此

古老的东方不再寂寞

你思想和智慧的光芒

令孔圣人眼花缭乱

如坠雾里

又若有所悟

要不是尹喜强行索句

照彻天地的经句

恐怕就此流逝

那将是人类多大的损失

黑格尔、尼采

康德、托尔斯泰……

莫不从你那儿汲取营养

对于宇宙来源，你说

道生一，一生二，二生三，三生万物

对人生处世，你说

上善若水

对干事创业，你说

千里之行，始于足下

对事物间的关系，你说

福兮，祸之所伏……

你的五千言

字字珠玑

随便拈来都是警句

虽然小国寡民和绝圣弃智思想被人诟病

可有谁知道你解决纷争的良苦用心

你在宇宙之外看宇宙

人生之外看人生

岩　魂

——参观白公馆、渣滓洞有感

就在此地
在胜利的曙光升起之际
法西斯的枪口和匕首
对准那些优秀的身躯

来到重庆
不看白公馆、渣滓洞
就不知烈士的分量有多重
昏暗阴湿的牢房
锈迹斑斑的刑具
昭示着往日的腥风血雨
革命者
凭着对理想的坚定信念
对未来的无限憧憬
坚贞不屈
直到牺牲

轻浮的人们啊

如果活得苍白空虚

在这里

你可以体会到不一样的人生

如果没有信念

没有坚守

寿命再长

又有何用

甘南草原印象

何羡游牧民，
绿野白毡房。
斜阳炊烟里，
阵阵酥奶香。

写在抗疫值班的日子里

是谁打开了潘多拉魔盒
让瘟疫的变种——新冠
给人间以灾祸
这可恶的病毒
变着戏法害人

但我们不怕
对一切敌人
我们向来众志成城
专家、医疗队、战士、志愿者……
可爱、可敬的人们
组成坚不可摧的防线

哪里疫情反弹
抗疫的防线就筑到哪里
我们善于打持久战、歼灭战

今夜
有幸成为抗疫的一员

寒风中

值班守岗

扫码测温

登记询问……

暮色苍茫

当街灯亮起

心中泛起潮汐

只要大家安宁

我愿在这蓝色的帐篷前

相守万家灯火

明天

又是一轮朝日的蓬勃

漆 明

1964 年生人，漳县人民法院三级法官助理，甘肃省作家协会会员。发表小说、诗歌、散文、文学评论若干。诗歌多次刊发于《诗刊》《飞天》等刊物。出版诗集《梦中的红灯笼》(作家出版社)，《世相》《抹净风尘》(中国文联出版社)，《漆明诗选》(中国文联出版社)及长诗《诗献琴台》(21世纪文学丛书)，2013年主编《天末文丛》(含6部诗集)由中国文联出版社出版。1995年获甘肃省电台征文优秀奖；1999年获省文化厅知识工程三等奖(文学评论《东南的诱惑》发表于《人民之声报》)；2006年获全国清风征文优秀奖(贵州)；2006年获甘肃省作协、甘报社主办首届贵清山征文三等奖，唯一获奖诗歌。2013年《世相》《抹净风尘》由中国文联出版社推荐参加了第六届鲁迅文学奖评奖。

在西三路沉思

1

在西三路

思绪如风

无法停下暗涌的节拍

唤醒思想蛰居的根

脚步敲打寂寞

一条悠长的陡坡

坡度恰好助推思考

向高处蜗行

在历史与现实的接口
在黑夜与白昼的断层
在思绪沉沉的静默中
我探进五指

火焰的梅花
在指尖燃烧
火焰是灵魂深处的疼
让手指战栗

2
我停留南山阴影
和村庄对峙
荒凉深处
村庄高挺参差的墙壁

沉默的墙壁
经历千年风雨
举着残破和顽劣
呈现坚硬的隔绝

3
月的冷潮
踏进虚无
波澜惊现的壮观
占据了我的胸间

我舒展白天的蜷缩
撒开心中的大网
向可能延伸
目光接通宇宙

月亮后面
群星闪烁
我借沉思
打捞光芒

4
穿过清的寂寥
唐朝的战火
到达三国的城外
听羌鼓咚咚

鬼魂狂奔
饥饿和血腥驱赶
无数双手伸出地面
一些记忆无法平茌

而盲从
而失忆
而愚弄
挤撞的思绪

5

风催促下
影子正在融入历史
光剥净鲜亮和粉嫩
生裹满尘垢

眼睛的光芒留下睿智
然后火星一样黯然消失
风雨沉沉的一束电光
谁还记着它的瞬间存在

你走过
在黑暗中走没了
留下西三路的空旷
开放的大道通达星际

6

在走向陈旧的路上
我不停地拾柴拢火
我想让火越烧越旺
让更多的阴冷遁形

和我一起来的
在我后面来的
火给他们温暖

让他们鼓舞　看到希望

火在燃烧
在风中夺目
映红半边天空
火焰升腾的时候
我也在升腾
双颊绯红
战栗着激动

火光照着我的影子
这个忽大忽小的怪物
迅速陈旧
跌进黑暗模糊不清

7
寒冷的黄昏
独自行走西三路
在红灯不及的地方
独对雪山

情绪回归冰点
冷结的湖面
一只天鹅巡游
翅膀托起天边的孤星

在西三路相伴孤影
和雪山长久注视

银河在迷茫中昏暗

雪山插烛自明

8

寂静拾取寂静

我是谁

脚步回响着脚步

我是谁

意识消解着意识

我是谁

肉体否定着灵魂

我是谁

星垂大野

高原倾斜

大地苍黑的铁砧之上

我等待星锤的敲打

9

你是谁

清清楚楚唤了我三声

没来及回答

你已经杳无音信

你的呼唤消失之后

是更大的空旷

天地空得一无所有
回响也在虚无中消亡

我站立原地
向前有向前的顾虑
向后有向后的恐惧
而你留下的空白我无法填满

夜在黑暗中下沉
我在跟着下沉
沉下去的地方
是梦还是地狱

10
我已经走了很久
从一座村庄到另一座村庄
走了三十年

我叩响每一个柴扉
倾听寂静中回响的历史
那些赶着毛驴走来的客商

他们成群结队
在月下趱行　为了明天
他们追赶了许多世纪

今天有路的地方没了路

没路的地方变成了通途
西三路　村庄与村庄还很遥远

11
一条宽阔的路通向光明
在寂静和喧嚣的空档
它尘落荒郊
漫不经心足以独领黄昏

人间灯光灭净
天灯独升
思接荒岭绵延的突兀
时间赫然挡住了视线

我归来
我已不再是我
我丢掉了一些
我取回了一些

取回感知人世的幸福
我健步踏进红尘
无数条路向我扑来
仿佛无数个宽怀和接纳

12
啊，就这么一声感叹
惊醒了满坡春天

我知道花魂死亡后
化成了柔嫩的小草
它们纷纷长出紫红的耳朵
都在探头倾听
这一声打破岑寂的惊呼

敏感的冰草、蒲公英
荠荠草、款冬、媳妇花
挤向路边让我检阅
我在内心高喊我爱你们
以及你们抬出的春天
一个冬天你们蛰伏得可好
大地那么宽怀
你们已领足了养分
出来吧，我向它们伸手
听着他们私语
我走过，脚步沉静
目光温柔地抚摸着它们
我在说这是我们共同的宁寂
不必絮叨的话语打破

13
母亲的阵痛
换来满坡梨花的欢乐歌唱
一夜之间
十月怀胎的喜悦
香遍了山村

生命的异兆

给岁月裹上了一层神秘的传说

每年三月

河水沉淀过泥沙

清清流淌杨柳的嫩影

如雪的梨花满山满坡

呈现人间的喜悦和祥和

14

节日的夜晚

他们都去看焰火了

我独自守在这里

倾听宇宙的寂静

我在最远处

看到烟花

升空，在黑暗中爆炸

然后灿烂地消失

我仿佛看了一次

宇宙大爆炸

悄无声息爆发

悄无声息灭尽

多少世纪后的星星

可能生出你我

15

填不满的西三路

黑暗遮蔽不了的空阔

向自身延展

一棵结满果实的树

因为太过繁多

反觉得一无所有

长高的欲望时时在否定

否定那棵结满果实的树

一棵树因为果实而自觉空虚

它烦躁于果实的成熟

它想有更多的新生

经历了季节的沉淀

它开满了花朵

满身的心事迫不及待

喧闹着空

16

这条路你能走多久

来来回回

从一个黄昏踱进另一个黄昏

无法停下的脚步

相同的节奏

重复着过去和未来

什么诱惑你

走向寂静中的阴影

走向南山恒在的夸张

太阳落下后它更显高大

像一面厚重的墙

堵住了出路

17

你只是个影子

路灯下的一阵风卷起的灰尘

来自黑暗中的错觉

映衬着星光的忽明忽暗

我和你的默契

只是我和自己的相约

我追赶着自己

一刻不停地在催促

西三路

如果有对话与交流

这对话和交流是沉默

是我们相互的认可

是我对另一个自己

无法回避的追寻

18

平静的山川

喧哗着权力的浮尘

我从那轮古铜色明月

寻找山川可感的容颜

地形地貌　沧桑变迁

沙尘之后　空气沉淀
黑暗修筑寂静的障壁
山峦撑开星空
我们从这里通向宇宙

山峦的暗影多么温馨
层层叠叠的遮蔽
给我们避风的港湾
在高原谷地 我们活着
梦境平和着对山河的感恩

19
那些走向我的路灯
悬浮起静夜的梦幻
自此涉足红尘
涉足灯火喧闹的荒芜

接近灯火是在接近自己
走向灯火亦在离弃自己
我拖着身影无可遁形
眼睛却不依不饶在探寻

幻象借助黑暗神秘莫测
一座城放大着同构
在寂寞的深夜你无法走出自己
才有挖肠破肚的直白

无奈

人群的影像汇聚的潮水
灯光无法填满饥饿的空虚
无法停下 无法离弃的世俗
灯火辉煌

20
星月在山尖上跳荡
群山被黑暗抹黑
我坐在南山的阴影里
做垂钓的智者

此刻 时光静好
茶味喷香
一条河在我体内
洗涮着污秽

那个叫英雄的人浑身血迹
疲马驮着在河边掉下马鞍
跌倒再没站起来
他倒下的地方一片花海

一个妹子远嫁匈奴
她花容月貌被画工描丑
冷在深宫难见天日
最终做了和番的公主

一个阳光明丽的春日

茶从江南来到北方

我把整座山的绿色灌进胃

食欲旺盛为一棵老树腐熟的营养

21

黑暗在西三路茫然铺开

春天的根摸进远古

骨头的磷火被风吹醒

它滚动 碰撞 飞散

人的骨头牲畜的骨头兽的骨头

曾经的河边将军骑马猎一头野猪

临水而立的妹子做了他的情人

军营里传出甜蜜的花儿

风打扫完春天的花瓣

又去扫荡秋天的落叶

冬天它驱赶着尘土南下

黄土沉积起丰厚的家园

我有许多话语要告诉苍茫

我有好多话语要说给黑暗

我有滔滔如流不断的情绪

（本诗部分章节发表于《诗刊》2015年4月上半月刊。）

王　群

春天安在

快乐是你肩头的一方阳光

若青花瓷也褪去了釉彩

铜鼎也无镌刻的铭文

任何无声的伤痛

在破茧幸福的庇佑下

夸张地成长

当年的小木桥之上

遗落下的你的脚步和斑驳阳光

刺穿一颗因年轻而跳动的心脏

时间延长，湖水安静，芦苇荡漾

飞鸟北去，我跨过那一席从前

爽朗的年月爽朗的故事

爽朗的笑容爽朗的歌声

爽朗的过去爽朗的感怀

我抬头，天空湛蓝，春天安在

海啸体的时代感怀

借诗人海啸之"海啸体"以抒我对于我所处时代的疏离与亲近、愁苦与无奈、激情与愤懑、逃避与面对、简单又复杂的多元情愫。

翅膀不是我的，但理想是我的。
颜料不是我的，但色彩是我的。
花朵不是我的，但绽放是我的。
城市不是我的，但流浪是我的。
天空不是我的，但飞翔是我的。
爱情不是我的，但孤独是我的。
美丽不是我的，但自赏是我的。
空气不是我的，但呼吸是我的。
大海不是我的，但宽广是我的。
房子不是我的，但空间是我的。
政治不是我的，但生活是我的。
时间不是我的，但存在是我的。
坟墓不是我的，但活着是我的。
金钱不是我的，但自由是我的。
太阳不是我的，但温暖是我的。
容颜不是我的，但青春是我的。

季节不是我的，但情怀是我的。

夜晚不是我的，但回忆是我的。

电影不是我的，但故事是我的。

除此之外，我还有一个不可思议的伟大的时代！

河 西

黄河是走过兰州的水

往西行是山叠加着山

天奔着西宁的青海去了

牦牛踩着西戎的袍子

草原摞着草原

山丹军马四啼雪白

仿佛短兵相接杀声震天

唐宋元明清还有西夏王朝

还不到阳关

西出无落日

东无故人来

漫道雄关真如铁

酒泉戈壁三千里

若再到了嘉峪关

别忘了敦煌月牙泉

怀念海子

1986 年是你写下的 9 月草原以及喜马拉雅，

白马，红马，黑马，

你的身后群马奔腾，

呼啸而过的柔情野花，

河水中走过草原的姑娘——额济纳。

你是面朝大海的神奇的海子，

喜欢把麦子装进村庄，

喜欢滴血的晚风，

喜欢向爱人告别，

喜欢，是什么，那么遥远的什么，

使你的心与骨头深处，

长出流水的眼睛。

怅惘祁连，

你的笔下马头琴呜咽，

你没有泪水

却用湿漉漉的火焰，

燃烧人间与凡尘。

你生命的风没有方向，

只剩文字痴长，日子痴长，眼神痴长，

1989 年的以后，你睡去的以后，

山海关的铁轨上长出绿色苔藓，

疼痛让每一节列车战栗哭泣。

没有八面来风，

麦子在村口的旧野浪浪而舞．

你说过你有一条一直通向地下不再回头的路，

26 日晚上的月亮不再冰凉，

月照覆盖惆怅，覆盖忧伤，

再把你半截的诗稿照亮，

眼睛洞穿黑夜，

那么久远的轰隆声走过，

就永远留下了沉睡，

一睡就是这么多年。

之后你笔下的西藏，你笔下的亚洲铜，

顷刻咆哮，又顷刻沉默，

时间为你开始，又那么为你结束，

尘封住落日捆住的村庄，

割掉你剩下的麦芒。

哦，想起你的时候，

太阳与黑夜一同升起，

温温暖暖之后的彻骨冰凉，

河水如注，浇灌心房，

鸟，单翅鸟，

掌纹，掌纹之外的掌纹，

太阳，没有仰角的太阳，

没法再次苏醒的双手，

于是海子沉睡，

海子自由呼吸，自由做梦。

1986 年，1989 年……

时光游走，

走出月亮，走出四季，走出泥土，

于是一个 1989 年以后再次长大的诗人，

抄下你的诗句……

第一个想法是春天，

春天却随花朵落去，

因此，第二个想法属于那些枝干，

枝干便拨动那长眠不醒的地方，

从此，长大的诗人

面朝大海，春暖花开，

不再言说孤独，

不再言说，

一个诗人的沉睡……

救　赎

这世界多么疯狂

好似一场烈火在向北烧

分不清南辕里的苏州河

东风里的乌鞘岭

那西西里的雪啊

像泗渡的藏人多吉

越过了昆仑跨过了唐古拉

他在途中遇见了美丽的姑娘

支起了帐篷生起了火

握紧了绿松石的佛珠

好似世界依旧疯狂

那场烈火熊熊如怒

一个眨眼就过完了一生

像后羿射出的最后一箭

想象和自由变成陨落的第九个太阳

对着月亮吹捧和唏嘘

曾经的梦和非梦

我不是藏人不是措姆

没有转经筒没有风马旗

每一步都走在吹弹可破的引诱里

可世界还是疯狂的

我擎着火把揣着火种

闭着眼合着掌

然后沉溺在抽象的自我救赎里……

磕长头

——观《冈仁波齐》的影后感

我往冈仁波齐一步一步地走

白色的雪一点一点地往下落

赤着脚，从向往到拉萨

尼玛老人念着经

狮泉河里倒映着林芝的桃花

扎扎从未听说过阿里古格王朝的辉煌

只有秃鹫知道西藏人一路匍匐

长头磕满在绿草如茵之上

哦，冈仁波齐，本命的马年

羊皮牛皮还有胶鞋

经不起信仰的打磨

破着洞的藏服，遮盖着五彩缤纷的经幡

随风飘扬，随风飘扬，喇嘛之语随风而去

拉萨不远了

羊卓雍措也不远了

拆掉了帐篷，吃过了糌粑

就该是照常升起的太阳

它晒着藏人的黝黑和执拗

直到在冈仁波齐面前

热泪盈眶，长跪不起

将长发抛进湖水，罪孽安静

想起你，想起他，想起那偌大的灵魂

雪顶上的神啊

请你听我说

我从跪拜中走来

从我的心到你面前

……

梦醒无尘

故人道，斜阳天
如是沉忧隐痛地奔走
掩埋城市的轮廓与回廊
酒入肠，倚彼岸
如是冰洁透彻的回首
结束一片树林的寒翠
旧人哭，夜除非
如是迷思惘然地远望
挥别白裙的美丽姑娘
只无茶马道的大漠情结
是窗花映红女人的脸
故人离去于昨日尘嚣
可是新人何时教我燃放烟火

命，三丈三尺

孤独风尘和父辈的脚力

我的身后是半尺厚的黄土

三丈三尺地丈量

种子镰刀石磨水烟锅

跨过米面五谷大铁碗

饮马农耕，狂风奔走

大伯二伯已睡入泥沙之下

我的父亲扛着犁铧

卖着力气走过挣扎的贫穷

起伏连绵的日夜兼程

那是我父亲母亲

三丈三尺的命

北方的木门青瓦房

20 年前院中鸡牛羊

我家的杏树开在一场鹅毛的大雪里

一只儿时的小熊玩具

在三丈三尺的火焰里

灰烬扬起，我的眼泪如水滴

煮熟的玉米棒，向阳的葵花株

不喜欢小学应用题

色彩是多么浓烈，多想展翅高飞

画家，宇宙还有星星

那兔子形状的钥匙生锈了

可图案边边角角永不磨灭

那是我三丈三尺的儿时

和热炕上的花被子

计划是个穿过我生命的政策

我的母亲生育了我

有个白发老人把我抱着

步履蹒跚走向那个挨着会宁的乡里

老人给我扎了小辫

三岁的孩子有个哑巴朋友

他说我像大圣爷孙猴子

后来哑巴死了我回城了

在杏花开着的院里

有个小孩念叨着奶奶睡右边

爷爷睡左边，口齿不清的日子

三丈三尺的木板箱

养我的老人已离去多年

31 的样子很是奇怪

我还是和父辈一样孤独

我没有犁铧没有土地没有牛羊

我站在玻璃窗前看着世间百态

想念过去的味道和雨滴

我搓着瘦弱的手掌

拿起了笔却不知从何说起

三丈三尺的文案

这世上的温情和无情的时候

都开始模糊了

我还在等待，斗转星移

等一个人

等一生的炊烟

等一世三丈三尺的命

水拥抱的夜

夜色使高原无限

使黄土冰凉

使水无彼岸

风，是风

使刮过的群山卷起无边怅惘

天空一无所有

月亮一无所有

行走江湖的我一无所有

山鹰虔诚

一抔尘土

水匍匐在水之上

我是行者

睡在北方的九棵树下

时间的重量

九棵树的悲伤

一枝花的思量

高高的悲伤

远去的晚风

呼吸的骨头不滴下任何一滴麦子的重量

无名书

听

风来

鼓起帆

时空之轮

载乘英雄来

擎起无名旗帜

旗帜上写满名字

是医护是军警百姓

对抗疫情的战争打响

虽然有战友倒下了

顽强如藤蔓攀爬

用力驱散阴霾

就拨云见日

我们笑着

用无声

拥抱

光

以诗之名

为何不能以诗之名的借口

以一缕阳光温热的投影

来衡量我山百合的青春

芳草凄然，夕阳重来

而隐去于昨日的我们

三杯酒后，泪水经过

不能流泪，不能回头

可我们心头卧着的只能是

过去仅有的未曾转身的一次回眸

从此生命流浪，从此人生喧哗

耳畔吹过烈烈风沙

脚下却是一地的强颜欢笑

头发沉重，我的唇外竟是自顾自地无语凝噎

站在生命的陡峭之中，心中生风

也不知晓，是你还是我，手中流走的河

只是一刹那，我们就留在了各自心的石碑上了

也还只是，那么黯然神伤的我们

仍只是芳草凄然，夕阳重来

又见敦煌

我踏进你一千多年的洞天佛地

你裙裾联袂拈花持戒

转身向我诵经而唱

我是你的一瞬间

你是我的一千年

十队丝路的报信者

终于抵达长安的大明宫殿

沙下风雪西面波斯

飞天琵琶唐朝的舞女

朱红丹青消失的容颜

你说让众生救你

你留在人间的延续

画笔和天绿交替着

索将军与众兵士战死沙场

菩萨说他要去摸众生的首

不是饶恕，而是原谅

我为流落的壁画掩面而泣

前世的我涂红了身体

只为祖先把我忘记

今生的我来还俗了
只为把前世丢掉的敦煌
还给今世重生的莫高窟
我一步未停，一脚一步
踏进踏出，不曾怠慢
又见了你慈眉善目威严稍顿
我叩首而拜双手合十
向着你去了又归来的方向
泪眼婆娑，长跪不起
……

自我定义

墨色暗淡，已变灰白，不分颜色，

没有饥饿，没有空白，只剩火焰，

层云流动，殇水湍涛，空谷琴声，

我是没法形容的小巷之雨，

间或癫狂或宁静的瞬息万变……

小花开放，阳光暖照，山溪清涧，

万马飞奔，旷野无边，没有麦田，

谁是中心，原野自在，无涯无岸，

我是被独自流放的中原寂寞，

看天看地看心看自己脸上无奈……

仍是孤独，无法改变，如此简单，

真假虚实，回头忘川，佛海三千，

放走悲切，留下山川，不问是非，

我是真切的喜怒哀乐的结合体，

是挥霍掉青春会悔恨遗憾的孩子……

依旧没有，学会走路，不会撒谎，

短发不黑，长没长大，我不知道，

糊里糊涂，这就是我，服从轮回，

我还是我我是我我在风中奔跑，

想带走星星带走美好带走一切怀念……
仍旧渴望，一次流浪，春暖花开，
迷恋自然，长江东流，舟舸逐浪，
风儿吹过，纷扬之时，人去人留，
我是不知疲倦行走的种子，
等待发芽等待开花等你回来……

张 翔

灯 火

如果我于窗边凝视
那雪花片片坠落
如果我试图抹去夜的寂寥
点燃一盏盏早已熄灭的灯火
如果我踱着步
感受大地的冰冷
又期待余温

凡此种种
皆为寂寥之如果
唯有窗外孤灯读我

夜色深沉
我点燃周遭灯火
却以何为灯

妈妈，我像河流向远方

我曾向东南远去
像河流　向远方
向着自由动身远航

我甩开妈妈温柔的手
把千万叮咛丢到脑后
像河流奋力逃离河岸
把一生付于四海江湖

我告诉妈妈
没有一条河水愿意回头
千里万里　浮萍浪迹

我告诉妈妈
浅湾激流都是我的朋友
相激相荡　浪花舞蹈

生命的跌宕起伏
撞我个粉身碎骨
而我的灵魂
在你柔情的眼眸

梦中的白鹿

我想做一个像样子的梦

梦境的开始有一只白鹿

梦的结束白鹿频频回顾

你会不会是博尔赫斯梦里的白鹿

哼唱着无名的乡间小曲

穿越于白与黑　梦与实

我真切地抚摸过你

却从未真的拥有你

只是眨眼的工夫

你消失于金色午后

而我空乏的双眼

满是迷雾

一条蜿蜒曲折的小路

一只频频回顾的白鹿

无所谓头顶乌云密布

无所谓脚下汪洋奔流

可爱的白鹿啊

我偶尔的欢喜和之后的忧郁

都是因为你

要把往后的日子写成优雅

把美好串连成悠长的故事

为所有的白鹿写诗

读给另一个自己

清　明

我想墓地并不孤独
至少是在四月
我与大地沾亲带故
祖先已是一把黄土

故乡的桃花盛开
远去的子孙归来
桃树结下硕大的果子
落于埋葬祖先的土地

把荒蛮的野草拔个干净
再在坟头培上一把新土
我不说人世的爱与孤独
我想用沉默将思念倾诉

人们凝望墓碑
亦小心掩去伤悲
回去的路悠长悠长
走过一座孤坟

墓碑的背面有稚嫩的笔体

妈妈，我想你了

人间的星河

当最后一片秋叶

向枯黄的枝干告别

当太阳的余晖

射出最后一丝火焰

我想围着炉火

咀嚼诗人的忧愁

当宽广的海岸

拽动星光的身影

当晚归的船只

发出沉闷的怨诉

我想对着大海

诉说诗人的孤独

宽广平静的大海

却能平息汹涌的怒涛

你咽下无数失望

却在天明生下太阳

太阳孕育无数个星星

璀璨的星光下
睁开眼睛的孩子为你歌唱

夜深处
看人间星河
听莫名悲歌

我不会一直写诗

我不会一直写诗
不会许你好听的名字
不会因为爱
就一字一句日复一日
一直写诗
更不会永远是个孩子

那风花雪月的情绪
生出数不尽的诗句
是爱着你的证据
还是留给世界的遗嘱
看着你眼笑眉舒
酒不解我愁容密布

我不会一直写诗
不会只在你眼里迷失
不会因为爱
便心疾不愈回顾往昔
不忍别离

柔情却没了踪迹

那至死不渝被辜负
耳鬓厮磨终至陌路
我孤身人海行走
想起曾与你有三言两语
那是偶尔的欢愉
和悠长悠长的阴郁

重　复

新田的绿芽吐露
农人们在麦地里起舞
藏着的雪也化开融入

疾风在山顶停步
挺松下又生出小灌木
一群人忙着收获幸福

凝霜在窗上学步
池塘里的野鸭子争渡
秋天又迎来许多枯树

凛冬杀死了万物
人们躲在温暖的小屋
相偎在沸着水的火炉

世界如此重复
在那里踱步
你是否　也觉得孤独

法苑漫笔——漳县法院干警作品集（第二辑）

论文

编

任玉林

　　任玉林，1967年生人，甘肃漳县人，漳县人民法院审判委员会委员、三级高级法官，政协漳县第八、九、十届委员会委员、政协漳县第十届委员会常委，漳县知联会、法学会常务理事。先后有7篇论文分别获省一、二、三等奖，两篇获市一等奖，其中一篇被原最高法院副院长万鄂湘主编的《婚姻法理论与适用》一书全文收录，一篇被收入《甘肃省法学优秀论文选》，多篇论文在省法院主办的《审判理论与实践》和中国法院网、甘肃法院网等媒体上发表，部分被最高人民检察院和海南省高院官方网站、王利明教授创办的中国民商法律网等多家学术网站转载。2006、2012年先后被定西市中级人民法院记个人三等功两次，2011年被评为全市法院"先进个人""十佳法官"，2016年被评为全市优秀法制副校长、全省优秀法官，2017年被评为全省法院先进个人。

司法风险管理

——审判管理创新不应忽视的课题

任玉林

　　【论文提要】司法存在风险是司法的客观规律之一，在现实司法国情下，司法风险呈高发态势，对审判工作造成了很大危害。而现在的应对策略却相当简单，不能有效抵御和防范司法风险，理论研究也几乎是空白，现阶段的审判管理创新似乎忽略了这一重要课题。本文从司法风险管理的必要性切入，简要介绍了风险管理理论，之后运用现代风险管理理论对司法风险的基本问题如定义、分类、特性、风险事件、风险源及风险因素等进行了研究，并借鉴现今较为先进的全面风险管理理论和社会抗逆力理念对如何科学管理司法风险进行了探索，最后提出了管理司法风险应特别注意的几个问题，以期达到将司法风险降到最低的目标。

社会管理创新是我国当前一个时期新的战略性思维，审判管理创新则是这一思维中相当重要的一个方面。现阶段的审判管理创新研究涉及了许多方面，但对司法风险管理的创新研究却是一个薄弱点甚至是盲点，几乎没有人用现代风险管理理论研究司法风险管理，这一重要领域是不能也不应该被忽视的。因此笔者不揣浅陋，尝试用现代风险管理理论对司法风险管理问题作初步探析，仅属管见，以期抛砖引玉之效。

一、司法风险管理的必要性和路径选择

（一）司法风险的客观存在是司法规律之一。风险，与人类社会相伴而生，人类社会的发展过程，也就是规避风险的过程。社会各行各业都存在风险，由于司法工作特有的在各种矛盾中解决矛盾、处于矛盾纠纷的"风口浪尖"的本质属性，更是不能例外，这是司法的固有规律之一。

（二）司法风险在我国现阶段呈较为严重的高发态势。当前，基于我国"经济体制深刻变革，社会结构深刻变动，利益格局深刻调整，思想观念深刻变化"，"人民内部矛盾凸显，刑事犯罪高发，对敌斗争复杂"，[①]司法权威和公信力不高的时期特点和司法国情，司法活动越来越成为社会新闻关注的焦点，以致司法风险高发频发，严重暴力抗法事件时有发生。2006 年 1 月 6 日甘肃民乐县法院爆炸案、2010 年 6 月 1 日湖南永州市零陵区法院枪击案、2010 年 6 月 8 日广西梧州市长洲区硫酸泼伤法官案等恶性案件，明确显示出我国的司法风险已到了一个前所未有的程度。据全国人大代表刘玲统计，2005 年以来，江苏省盐城市两级法院法官遭遇的各种暴力抗法事件达 67 件，超过 60 名法官在此类事件中不同程度受伤，衣物损坏或受到人身威胁；而在浙江法院，每年发生威胁恐吓、谩骂侮辱、骚扰纠缠法官的事件逐年上升，仅去年一年就发生 1712 人 2145 次，同比上升 22%；[②]宁波中院统计显示，2009 年

---

① 陈泽伟.专访陈冀平.http://www.sina.com.cn
② 赵俊海.让法官的职业保障更有力.人民法院报,2011-3-15(5)

以来，全市法院共发生针对法院干警的威胁、滋扰694人次，其中采取实际行动的90人次，18人次有过激行为，[①]司法风险问题的严重性由此可见一斑。然而这也只是诸多司法风险中的一种形式而已。

（三）现在的应对策略和措施不能有效抵御和防范司法风险。面对高发频发的司法风险，我们目前的应对现状却很不理想。首先是对司法风险管理的系统认识和科学研究不够。在百度搜索中输入"司法风险管理"，找不到一篇适当的研究性文章，在人民法院报网站和中国法院网上也搜索不到此类网页。可见目前对司法风险管理的认识还基本处在模糊阶段，研究几乎处于空白状态，这是很不应该的。其次是应对司法风险的具体措施不全面系统。虽然全国大多数法院都加强了安保工作，少数法院还制定了案件风险评估机制，最高人民法院也针对某些事件发出过文件，并于2009年和2011年制定了《关于人民法院预防和处理执行突发事件的若干规定（试行）》和关于涉诉信访的"五项制度"，这是目前仅有的关于司法风险的规范性文件。但从总体上看，还处于下意识的本能抵御和"头疼医头、脚疼医脚"的简单防范上，各个法院甚至各个法官还在各自为战，没有形成合力和立体防御体系，更没有从风险管理的理论高度在整体上认识和管理司法风险，因此效果有限。

（四）运用风险管理理论进行司法风险管理是审判管理创新的重要课题和捷径。美国著名金融学家彼得·伯恩斯坦在其巨著《与天对弈：关于风险的精彩故事》和《与天为敌》中认为，风险管理的极端重要性无论怎么强调都不过分，它甚至超越了"人类在科学、技术和社会制度方面取得的进步"；"确定现代与过去之分野的革命性理念是对风险的掌握"。[②]司法是社会矛盾的最后一道防线，司法风险对审判工作的危害性是巨大的，甚至包含着引发社会危机的可能性，处理不好，将可能对和谐社会建设造成难以估量的影响，因此对其进行科学管理非常必要。

---

①张炳生.法官的职业安全不可忽视.人民法院报,2011-4-28(5)
②张琴,陈柳钦.风险管理理论沿袭和最新研究趋势综述.中国证券期货,2008(10)

风险管理是管理学和经济学中的热门和重点学科，特别是在金融、保险、企业和项目管理等高风险领域和行业中的研究和运用已到了相当成熟的程度。而法院目前还未建立起全面成熟的司法风险管理理论体系，实践经验也相当有限，对司法风险的管理还处于萌芽和摸索阶段，如不创新理念和方式，要对司法风险进行良好管理是很难做到的，这就给我们提出了新的课题。

但凡风险都有共同属性，司法风险也有着与其他风险相同或相似的性质，其管理思想和方法也应该有相同之处；司法工作的程序性与公司、企业生产管理的流程性有较高的相似度，司法也有其过程、产品和风险，二者在本质上有共性。因此借鉴较为成熟的现代风险管理理论、参照公司企业对风险的管理、结合司法自身的特点来研究和防范司法风险是可行和便捷的，效果也应该比没有系统的理论指导而盲目被动地应付司法风险是要好得多的。

二、风险管理理论概述

趋利避害是人类的天性和本能，人们制定的各种乡规民约、风俗习惯、伦理规范乃至法律制度，都是为了规避各种风险。人类社会抵御和防范风险的历史很长，最早的风险管理思想甚至可以追溯到亚里士多德时代，但风险管理真正成为系统的科学理论，是因全球风险社会的形成而萌芽于 1930 年代的美国，1950 年代才发展为一门新兴的管理学科，之后在全世界得到了广泛应用，"风险管理"（Risk Management）一词于 1955 年由美国施耐德教授提出后成为定型化的概念，我国对风险管理的研究则始于 1980 年代。[①]

风险管理是一种颇具常识性且系统化的学科或艺术，最基本的风险管理思想是使用各种专业性或创意性的系统化措施，来达到以下目的：一是损失事故发生前，预防损失；二是损失事故发生时，减轻损失；三是损失事故发生后，弥补损失。风险管理理论经历了三个发展阶段：第一阶段是以"安全和保险"为特征的风险管理，第二阶段是以"内部控制和控制纯粹风险"为

---

①百度百科："风险管理"词条。

特征的风险管理，第三阶段是以"风险管理战略与总体发展战略紧密结合"为特征的全面风险管理。[①]

全面风险管理（Enterprise Risk Management）是目前风险管理的最新趋势，这是一个全新的概念，开辟了风险管理的新时代，目前主要应用于企业管理领域，是一种站在整个公司角度进行的整体化风险管理方式。其核心思想是：风险往往以复合形式存在，单一风险之间有着相互联动性；一个公司的风险来自很多方面，最终对公司产生影响的不是某一种风险，而是所有风险联合作用的结果，所以只有从公司整体角度进行的风险管理才是最有效的。它强调通过前瞻性的视角去积极应对企业内外各种可控和不可控的风险，侧重于战略、市场和法律等领域。[②]

近年来，"社会抗逆力"（Social resilience）战略性概念的提出，给风险管理理论注入了新质，它主张把风险响应的重心从着重"资财投入"转向"资财投入"和"文化制度建设"并重上，重视制度、文化和个人、家庭、组织、社会等多元主体等非物质性因素在风险管理中的独特作用，拓展了抗风险的资源，也改变了风险管理理论中各要素的结构性关系，即改变了原有框架中一些要素的权重。[③]这就使风险管理理论更加适合司法风险特性，对司法风险管理有着重大的指导意义。

三、运用风险管理理论，科学认识司法风险

（一）定义。目前，无论在理论界还是实务界，国内还是国外，对风险都没有一个统一的定义。参照在风险管理学中占主导地位的双侧风险定义——"风险是实际结果对期望值的偏离"，可将司法风险定义为：在司法活动中偏离司法目的预期后果发生的潜在可能性。另外，笔者认为，传统的单侧风险定义——"风险是损失发生的可能性"，还有将风险等同于危险的

---

①张琴，陈柳钦．风险管理理论沿袭和最新研究趋势综述．中国证券期货，2008(10)
②张琴，陈柳钦．风险管理理论沿袭和最新研究趋势综述．金融理论与实践，2008（10）
③张秀兰，张强．社会抗逆力：风险管理理论的新思考．http:www.gdemo.gov.cn

定义——"风险是容易发生的危险"，虽然因其科学性不强已被风险管理学界批评和抛弃，①但由于司法活动毕竟与金融等营利性活动不同，在司法风险的研究中强调风险的损失和危险还是有现实意义的。

（二）分类。依据不同的标准，可对司法风险做不同的分类。在风险管理理论上，将风险按风险后果分为纯粹风险和机会风险；按风险来源分为自然风险和人为风险；按风险影响范围分为局部风险和总体风险；按风险的可预测性分为已知风险、可预见风险和不可预见风险；以风险是否可分散分为可分散风险和不可分散风险；以风险是否能保险分为可保风险和不可保风险。还可以根据其他标准分类，如有形风险和无形风险，动态风险和静态风险等。这些分类方法对司法风险的研究都有一定的指导意义，在理论上对司法风险也可做以上分类。

考虑司法风险的特殊性，可对其进行如下分类：根据风险的影响性质，分为稳定风险——可能引起群体事件、上访等影响社会稳定的风险；安全风险——可能给法院、法官和诉讼参与人及亲属带来人身、财产安全问题的风险；声誉风险——可能给法院、法官的声誉造成负面影响的风险；错案风险——可能做出错误裁判的风险；廉政风险——可能影响司法廉洁的风险。根据案件的性质，分为刑事案件风险、民商事案件风险、行政案件风险。根据司法程序，分为立案风险、审判风险、执行风险。总之，各种分类都有其相对的特殊意义，对司法风险还可据以上各标准进行复合分类。

（三）特性。司法风险与其他风险一样，也具有风险的下列共性：

1. 客观性。司法风险是伴随着司法过程而客观存在的，这是不以人们的意志为转移的，对此本文在前面已有论述。

2. 不确定性。司法风险主要是人为造成的，而人的思想和活动是不断变化的，因此司法风险的发生与否及如何发生和风险度的大小等，事先是不能确定的，存在变数的可能性很大。已发生的实例表明，有的案件虽已结案多年，

①张琴，陈柳钦.风险管理理论沿袭和最新研究趋势综述.中国证券期货,2008(10)

但当事人或其亲属的怨气郁积于心，以致迁怒整个法官群体而制造极端事件，这是很难确定的，也体现出了司法风险的突发性。

3. 社会性。司法是一种社会工作，有人形象地把法院称为"社会医院"，因此司法风险与司法环境及社会形势密不可分，可以说二者构成类似反比例的关系：司法环境和社会形势越好，司法风险就越小，司法环境和社会形势越坏，司法风险就越大。

4. 普遍性。司法工作量大面宽，涉及社会各个方面的矛盾纠纷，法院受理的案件数量很大且逐年上升，2010 年全国法院受理案件多达 11 712 349 件，同比上升 2.81%，自 2005 年以来案件量年均递增 5.95%，2009 年案件量比 1978 年增长了 19.87 倍。①因此司法风险发生的概率也就相应增大。

5. 发展性。司法风险本质上是社会性风险，而社会是不断发展进步的，因此司法风险也在发展变化，在社会的不同时期风险的程度、表现等也就不同。

此外，司法风险还具有下列个性：

1. 司法风险绝大多数是人为风险。司法工作的主体和对象在事实上和本质上都是特定或不特定的人，因此除极个别特殊情况外，司法风险都是人为造成的。

2. 司法风险大多数是可预见风险。由于绝大多数司法风险是人为因素造成的，而人的行为与自然灾害不同，在多数情况下是可以做大概预测的，有经验的法官对所办案件的风险一般是可以预见的，而搞腐败的法官对其行为给司法带来的风险更是明知的。

3. 司法风险与个人因素密切相关。司法工作是"人做人的工作"，因此法官及诉讼参与人的个人因素对风险的作用相当重要，有时甚至是决定性因素。实践经验反复告诫我们，"有的法官会将简单的案子办成难案，而有的法官会将复杂的案件办得很简单"，老法官经常说："办案是遇当事人的，

---

①见 2010 年《最高人民法院工作报告》、2009 年《人民法院工作年度报告》。

当事人讲理，多复杂的案子都好办，当事人不讲理，多简单的案子也难办"。这些"行话"绝不是虚言，司法风险可能就潜藏在法官和诉讼参与人的素质之中。

4.司法风险与个案紧密相连。案件是司法工作的核心，司法活动主要围绕着具体的案件进行，司法过程的最终产品也就是案件的处理结果。因此司法风险一般由案件而生，虽然有的风险从表面上看似乎与案件的关系不大，但从本质上看风险的发生一定会与某起案件有直接的关联，或许没有这起案件，就没有这次风险的发生。这是我们从已经发生的许多惨痛事实中得出的结论。

（四）司法风险事件。司法活动的主体未曾预料到或虽然预料到其发生，但未预料到其后果的事件，就是司法风险事件。具体的司法风险事件很多，目前最主要的有以下几类：

1.安全事件。涉及法院、法官和诉讼参与人及亲属的人身、财产安全，包括当事人自杀、自残如自焚等。已经发生的这类事件的惨烈程度和危害性是相当严重的，安全第一，在任何时候这都是头号司法风险事件。

2.涉诉信访。据统计，2010年，全国各级法院接待信访达1 066 687人次，最高法院和省政法委给甘肃省法院交办涉诉信访积案168件。[1]在维稳任务较重的今天，涉诉信访特别是上访的影响，已超出了法院范围，可以说这是一种新型的司法风险事件，发生率也相对较高。

3.群体事件。涉诉群体事件虽然不多，但处理难度很大，实践中有时一起普通的交通肇事案也会引起群体事件，产生一系列连锁反应，严重影响社会稳定。

4.舆论事件。现在新闻传播相当快捷，公众的心态也相当复杂，对司法题材也相当敏感，一些关于法院和法官的负面报道，经过媒体的放大和恶意炒作，很容易形成舆论事件，无形中就转化为司法风险事件。如"彭宇案"

---

[1]见2010年《最高人民法院工作报告》《甘肃省高级人民法院工作报告》。

判决就被学者和网民抨击为史上"最臭名昭著"的判决，给法院带来了很大的负面影响。①

5.冤假错案。办得很正确的案件有时也存在司法风险，而冤假错案如"赵作海案"带来各种司法风险的可能性就更大。另一方面，由于考核和监督制度相当严格，错案对法官来说本来就是职业风险之一。

6.司法腐败。这类事件多年来时有发生，2010年全国法院就查处违纪违法人员783人，其中受到政纪处分的540人，因贪污、贿赂、徇私枉法被追究刑事责任的113人。②这是不能忽视的另类司法风险事件，特别是级别较高的法院和法官的腐败事件，对司法权威和公信力的危害尤烈，在短期内是很难消除的。

从理论上说，任何一个案件都有可能发生风险事件。从实践中看，在一些重点敏感案件中，如征地拆迁、企业改制、劳动医疗、环境保护、生产及食品药品安全等涉民生及涉黑案件，发生风险事件的概率相对较大。

（五）风险源和风险因素。由于司法过程相对简明，因此司法风险的风险源相对清晰，而风险因素——风险事件发生的潜在原因则复杂多样。

1.当事人及亲友和代理人。这些人是法院的工作对象，是法院经常接触的人群，给法院带来风险包括拉拢腐蚀法官制造廉政风险的主要就是这类人群，几乎所有的司法风险都能从他们中找到具体的个人。其极端思想和情绪是最危险的风险因素，具有这种思想的人是最容易制造司法风险的。

2.法院及法官。法院及法官自身是另一个重要的风险源，法院的安保、廉政等制度及设施的完善与否、法官的司法素质和能力特别是抵御腐败诱惑侵蚀能力的高低、司法产品质量的合格与否、法院公信力和权威以及法官个人声誉和威信的高低等，均是重要的司法风险因素。另外，全国法院普遍且

---

①陈宵.民诉法修订内情.人民法院报,2011-3-31(7)
②见2010年《最高人民法院工作报告》。

长期存在的案多人少的突出问题，[①]严重影响法官健康和案件质量，也是一个不容忽视的风险因素。

3. 司法环境。当前，公众心态、权力干涉、诉讼掮客、黑恶势力、网络水军、敌对势力等各种因素相互交织，给司法环境造成了很大影响，使司法环境变得日趋复杂，达到了前所未有的程度，如湛江"讼托"开公司投资诉讼，把案件当作商品经营，腐蚀多名法官，俨然公司化运作，牟取高额利润，实在令人震惊。[②]稍有不慎，一个很普通的案件或司法活动，在这样的司法环境下也会变成一个重大司法风险的导火索，这绝不是危言耸听。

以上风险源中都隐含着多种风险因素。往往来自一个风险源中的一个风险因素就能引发风险，而有时在同一起案件中来自几个风险源中的多种风险因素相互交织叠加，共同发生作用，使司法风险特别是重大司法风险发生的概率增大。

四、以风险管理理论为指导，科学管理司法风险

（一）在风险管理理论指导下，构建全面司法风险管理体系

由于现代风险管理理论主要是针对公司企业研究的，要将其用来指导司法风险管理，就得根据司法风险的实际，对其做转化和具体化的改造工作。笔者认为，司法风险相对于金融等风险来说，是简单得多的，因此各种风险管理理论对司法风险管理都有一定的指导意义，即使是早期的安全保险和控制纯粹风险理论，对某个法院和单个司法风险的管理也是有指导意义的；但从战略角度看，运用目前最先进的全面风险管理理论和社会抗逆力理念来全面构建司法风险管理体系，则具有长远作用和意义。

---

① 2007 年全国法院受理的案件是 965 万多件，2009 年增加到 1137 万多件，收案增长了 17.8%；而全国法院法官人数从 2007 年的 189413 人增加到 2009 年的 190216 人，仅增加了 803 人，增加幅度仅为 0.42%，明显与案件增长速度不成比例——人民法院报 2011 年 3 月 7 日第 3 版。

②讼托开公司法官拿提成，湛江九法官被撂倒.南方日报,2011-4-25

司法风险管理就是司法机关对其面临的风险，运用各种风险管理策略和技术所进行的处理过程。参照全面风险管理理论的三维立体框架（ERM）和社会抗逆力概念对管理因素权重的修正，可以对司法风险管理的具体流程和结构作如下分析和建构：①

1.上面维度：目标体系。包括四类目标：（1）战略目标，与法院使命相关联，从司法大局战略高度设定的最高层次风险管理总体目标；（2）战术目标，高效利用资源管理单个司法风险，把风险降到最低之具体目标；（3）报告目标，主要强调风险报告的可靠性；（4）合法目标，基于司法机关的特点，风险管理要符合法律法规的规定。

2.正面维度：管理要素。包括八个方面的构成要素，它们源自法院的工作方式和流程，并与管理过程整合在一起，具体为：

（1）内部环境。在法院内部一方面必须不断进行风险教育，加强风险意识，提高法官、法警等工作人员的素质和能力；另一方面要完善法院的安保设施和各项制度，提高安检、监控等设备的科技含量。良好的内部环境为法院及工作人员如何看待和控制风险奠定了基础。

（2）目标设定。法院的主要工作目标就是"案结事了"，要保证这一目标实现的人财物配备，并与其风险容量相适应。

（3）事项识别。凡影响"案结事了"等目标实现的潜在事项，在理论上都是风险事项，包括表示风险的事项和表示机会的事项，以及二者可能兼有

---

①美国 COSO 制定发布.企业风险管理——整合框架.方红星，王宏译，辽宁：东北财经大学出版社,2005:9

ERM 框架如下图所示：

的事项。识别时可采用一些工具和技术：一般事项可用简捷的方法如常识经验和判断、敏感性分析、头脑风暴法进行识别；大的事项可用较为复杂的德尔菲法、系统分析法、事故树分析法加以识别。

（4）风险评估。对识别的风险事项进行分析，以便确定管理措施。风险与可能被影响的目标相关联，既要对固有风险进行评估，也要对剩余风险进行评估，要综合考虑风险的可能性和影响，并据此对风险进行分级，可分为一般、较大、重大和特大四级，并制定相应的处理预案。

（5）风险应对。根据识别和评估的结果，按照风险的级别和特点，启动相应的预案，具体可采取预防、减轻、转移、回避、自留、后备等适宜的应对措施。

（6）控制活动。制定并执行相应的制度以确保所选择的风险应对策略和措施得以有效实施。通俗地说，这是一个"抓落实"的环节，再好的应对策略和措施，如果得不到落实，也不能实现管理风险的目的。

（7）信息沟通。信息的采集与共享在司法风险管理中至关重要，主体的各个层级都需要借助信息来识别、评估和应对风险，这就需要信息在主体中向下、平行和向上有效沟通。现在的立、审、执分离体制不便于信息的收集沟通，因此要建立健全司法风险信息收集系统和报告、通报制度，使风险信息在案件的立、审、执各个环节和上下各级法院之间及时收集和传递。

（8）监控。整个司法风险都要处于有效地监控之下，实现从立案、审理、执行到后续的全程跟踪监控，动态地反映风险管理状况，必要时根据情况变化对监控结论进行修正。

3.侧面维度：主体单元。分为四个层次：上级法院、本院各庭室、承办人，上述各种工作都要由相应的主体来做。各个法院都要有专门的风险管理机构来加强内部控制，统一协调和监督各个主体和各个环节的工作，审判管理机构可以承担此项工作，没有设立该机构的法院可由审监庭承担。一般而言，案件的承办法官是当事人的暴力倾向、上访心理、群体事件苗头等风险信息的最初识别者和处理者，小的风险他们就能化解，大的风险信息也由他们通报，因此是基础的管理主体，作用不可小视。

全面司法风险管理流程是一个动态连续不断的过程，其管理方法是采用定性分析和定量分析相结合的方法。以此为框架，各个法院可以从自己的实际情况出发，构建适合于本院的司法风险管理体系；最高人民法院应侧重于司法战略风险的研究和管理，可以参照国资委于 2006 年 6 月发布的《中央企业全面风险管理指引》来制定全国法院系统的全面风险管理规范性文件；最终以整个法院系统为视角与以单个法院为视角分别建立起多层级立体司法风险管理体系。

（二）立足当前社会实际，务实管理司法风险

以上是着重从法院内部的角度来研究司法风险管理流程的。由于法院工作的社会属性，从社会抗逆力理念和"十二五"规划纲要建立"社会稳定风险评估机制"的政策要求出发，还应根据当前的社会特点和当地的社情民意等具体情况因时因地制宜，从社会实际的角度来进行司法风险管理。应当注意的是，法院现在是各种矛盾纠纷的集散中心，法院相应地也就成了风险中心；司法风险是社会风险的一部分，也是可分散风险；因此应将法院变为矛盾纠纷的中转站，充分利用法律法规的相关规定，合理合法地分散转移部分司法风险，对不适宜法院处理的纠纷不要硬让法院处理。要依靠党委、政府、人大、政协等党政部门，动员调解组织、仲裁机关、保险公司、新闻媒体及家庭、社区、社会网络（邻里、亲属、朋友）等全社会力量来对司法风险实行社会化管理。

（三）司法风险管理需要注意的几个问题

1. 对民商事案件风险和立案风险不能掉以轻心。长期以来，法院对刑事案件中的风险一直很重视，后来对执行案件中的风险也提高了警惕，法院特别是基层法院的法警也就主要集中加强在刑事和执行这两个部门，而对民商案件中司法风险的重视程度则远远不够。近年来，民商案件中的情况日益复杂，当事人及亲友的心态不同以往，一些西方敌对势力打着维权的旗号借机插手人民内部矛盾，蓄意制造各种事端，民商案件再也不是昔日单纯的所谓

"纠纷"。即使是最平常的离婚案件，说不定其中就潜藏着巨大的风险，不时发生的男方及亲友利用开庭的机会抢女方的现象就很值得警惕。民乐法院爆炸案的案源就是离婚案，零陵法院枪击案、长洲硫酸泼伤法官案的案底也是民商案件。民商案件数量很大且逐年上升，多年来都几倍于刑事案件，[①]并且当事人相对自由，不如刑事案件被告人被羁押、家属亲朋有所顾虑，因此风险概率很高，所以在司法风险管理中也要克服"重刑轻民"的传统思维。另外，立案风险往往被人们忽视，作为司法的第一道程序，立案审查不严，该立的不立，不该立的立了，也会给之后的工作带来风险。

2. 对司法风险的管理要适度。风险管理理论告诉我们，管理风险是要付出人力物力等成本的，管理度要与风险度相适应。也就是说既不要过度防范，弄得杯弓蛇影、草木皆兵，影响审判工作；也不要麻痹大意，放任风险的发生。因此要对司法风险进行科学分级，不同级别的风险采用相应的管理对策和预案。

3. 将风险化为机会。囿于固有思维，人们一提到风险，一般情况下都认为风险带来的全是损失。其实，有时风险也会带来机会，"风险与机遇同在"，这就是投机风险理论，也是全面风险管理理论的一个重要方面，司法风险也有这种情况存在。经验告诉我们，调解时让当事人适当吵一阵子，往往有助于协议的达成，这从表面上看是放任或加大了风险，实际上是将风险化成了机会。成功控制风险并将其转化为机会，是风险管理的最高境界，依赖于高超的风险管理能力或艺术。

4. 管理司法风险的同时预警社会风险。司法是社会管理的一个重要部分，司法风险同社会风险有着紧密的关联。因此对在司法风险管理过程中发现的社会风险隐患，要通过"小建议"（司法建议书）或"大建议"（审判白皮书）

---

①最高人民法院 2009 和 2010 年的工作报告一改过去的做法，将民事部分提到了刑事部分之前作为第一项内容。2010 年全国法院一审收案 69999350 件，其中民商事案件 6090622 件，占 87.02%，刑事案件 779595 件，占 11.14%——2010 年全国法院审理各类案件情况。最高人民法院网

等方式及时向有关部门发出预警，用司法管理创新促进社会管理创新，以人民法院特有的方式为和谐社会建设做出贡献。

五、结语

司法风险管理是一个不应被忽视的审判管理创新课题。由于是在进行创新，特别是在进行伯恩斯坦所言的"与天对弈"的风险管理创新，初始工作是较为艰难的，但只要我们坚持不懈地努力下去，或许在将来的某一天，一门新的法学边缘学科——司法风险管理学就会诞生。

（本文获 2011 年度全省法院"探索社会主义司法规律与完善民商事法律制度研究"学术讨论会优秀论文三等奖。）

陈远征

　　1964 年生人，甘肃漳县人，漳县人民法院党组成员、审判委员会委员。2010 年被评为全省法院先进工作者；连续多年被漳县县委评为优秀公务员并荣记三等功等。2013 年全省政法干警核心价值观征文比赛中撰写《试论法院干警核心价值观》荣获优秀奖；2022 年撰写《关于如何有效发挥派驻监督职能作用的调研报告》荣获 2021 年度全省法院优秀调研报告。

关于如何有效发挥派驻监督职能作用的调研报告

陈远征　　黄露露

一、纪检组机构设置及人员配备情况

　　目前，我院设有纪检组及监察室，共有三名工作人员，其中：纪检组长一名，二级主任科员；监察工作人员一名，副科；监察室内勤一名，科员；纪检组长和监察室主任，均由法院内部产生，县委任命；主要履行监督、执纪、问责和全面落实从严治党、从严治院的职责。严格按照"三转"要求，纪检组长在党组中不分管其他业务工作，将时间和精力集中到监督、执纪、问责上来。

二、院党组对纪检监察工作的重视支持情况

　　持续压紧院党组党风廉政建设主体责任，始终把"四种形态"作为落实

主体责任的重要抓手，体现在日常监督管理的全过程。近年来先后多次召开专题会议，研究从严治党主体责任和党风廉政建设工作；每年年初召开专题反腐倡廉工作会议，制定党风廉政建设工作要点；每年年初、年中、年底召开三次全院干警警示教育大会，通过身边人、身边事教育引导干警筑牢拒腐防变底线，恪守廉洁司法使命；每年年终听取各庭室负责人"三述"报告并进行民主测评，考核结果作为干部选拔任用和部门个人绩效考核评定重要内容。严格按照《漳县人民法院干警约谈实施办法》将约谈的主体扩大到党组副书记、党组成员、庭室负责人，层层传导压力，靠实责任，避免压力传到出现上热、中温、下冷的现象；高度重视纪检监察队伍建设，在工作上压担子、严管理，在政治上多关心、重厚爱，对纪检监察干部配备上高看一眼，厚爱一层，把政治素养高，为人正直，讲党性、重品行的干警充实到纪检部门，在人财物等方面给予充分保障和重点倾斜。凡是工作必需的，充分保障；凡是需要支持的，重点倾斜。2019 年以来，院党组会议 12 次专题研究部署党风廉政建设工作，专题听取纪检监察工作汇报，对百余名干警进行廉政谈话、任前谈话、提醒谈话、批评教育、诫勉谈话；特别是在案多人少，审判力量严重不足的情况下从其他审判部门调整 1 名干警，充实纪检监察力量。同时，院党组对纪检监察部门在办案、宣传、培训以及司法巡察等方面经费、车辆予以足额保障，为纪检监察工作的开展提供坚强有力的组织、经费、人员保障。

三、近三年来工作的基本情况

（一）强化政治意识，践行"两个维护"。始终坚持把思想政治建设摆在首位，深入学习贯彻习近平新时代中国特色社会主义思想和党的十九大精神，树牢"四个意识"、坚定"四个自信"、践行"两个维护"，准确把握新时期党的建设总要求，近年来协助院党组制定了《党风廉政目标责任书》《司法廉洁承诺书》《个人无涉黑涉恶问题承诺书》，进一步督促全院干警提高政治站位，严守政治纪律和政治规矩，自觉把行为规范到院党组的集中领导和统一部署上来；协助院党组同政工等相关部门配合对全院党员干警开展了践行"四个意识"、贯彻党章和党的十九大精神情况监督检查9次，对干警中存在的政治站位不高、思想认识不到位、撰写心得体会敷衍了事、作风不扎实、工作不尽责、违反单位各项规章制度等问题，结合队伍教育整顿开展集体约谈3次/248人；开展谈心谈话2次/170人；党组书记与分管领导开展约谈2次/7人；党组书记与重点对象约谈共12次/34人；分管领导与部门负责人开展约谈22次/22人；党组成员与个别干警开展约谈11次/16人；党组成员、纪检组长与其余党组成员开展廉政谈话1次/3人；对干警在选拔任用、评先选优、法官、法警等级晋升方面出具廉洁意见4次/22人，对存在违规问题的5人取消了评优资格。

（二）坚持抓早抓小，把握"四种形态"。坚持开展警示教育，及时传达学习纪检监察部门和本系统发生在群众身边不正之风和典型案例，警示全院干警从中吸取教训，改进作风、心存敬畏，做到警钟长鸣。坚持抓早抓小，把惩前毖后，治病救人贯穿执纪监督全过程，准确运用"四种形态"，科学把握第一种形态，对上级巡察、内部督察等渠道发现的干警苗头性、倾向性问题，综合运用责任传导、约谈教育提醒、整改诫勉谈话等方式进行提醒，推动了咬耳扯袖、红脸出汗成为常态，防止了小问题演变成违规违纪的大问题。据统计，三年来全院干警共拒礼拒贿20人（次），折合人民币约27630余元，拒说情58人（次），拒吃请47人（次），确保了法官清正、法院清廉、司法清明。

（三）强化制度建设，突出日常监督。2018年对涉及党风廉政建设的制度协助院党组进行重新修订完善，编印成《漳县人民法院廉政制度汇编》一书，全院干警人手一册，对照落实，做到了警钟长鸣；持续深化审务督察，2019年以来，及时修订完善《漳县人民法院审务督察工作细则》及《漳县人民法院请销假制度》；针对干警上班期间随意迟到、早退甚至旷工的现象，院党组高度重视，及时推行党组成员轮流带班值周制度，同时购置了智能化考勤机，通过网络智能化考勤管理，量身定制"开会、出差、请销假、外出培训学习、办案报备制度"，要求所有干警将请假条、出差审批单、外出报备单统一交至带班领导处，精准掌握干警去向，并由院纪检监察部门统一汇总并通报，有效整治了干警上下班期间随意迟到早退、脱岗的问题。上半年，纪检监察部门采取明察暗访、现场查纠等方式，分四次对院机关和三个基层法庭的审判执行、党风廉政建设、队伍教育整顿、党史学习教育等各项重点工作开展了审务督查，对发现的部分干警迟到早退、庭审不规范、着装不统一、外出不报备、值班不守岗、环境不整洁、裁判文书出现低级错误、违规在办公室接待当事人、队伍教育整顿资料准备不齐全等10个方面的14项具体问题，进行了现场查纠和责令整改，提出工作建议两条，同时紧盯工作节点，对存在问题的庭室要求部门负责人紧盯工作节点、及时查摆问题、制定整改措施、逐项进行整改，有效推动了我院司法作风的持续好转。

（四）开展专项活动，提高司法作风。按照上级党委及上级法院安排部署，近年来先后组织开展了"两学一做""三查三治""三纠三促""司法廉洁教育"、"司法作风自查""突出问题集中整治""集中整治形式主义官僚主义""四查四治""三释"警示教育等专项行动，结合本院实际研究制定下发实施方案，通过组织干警撰写个人对照检查材料，填写自查表等方式，多层次、多渠道查找政治素养、司法理念、司法作风方面存在的16类突出问题，列出整改清单，找出问题症结、提出具体对策、限定整改时限，积极加以整改，基本做到了短期问题整改立竿见影，绝不反弹，长期问题坚持稳步推进，持续提升，确保各项活动取得实实在在的成效；积极协助院党组及相关部门组织开展了"不忘初心、牢记使命"主题教育活动，制定实施方案，严格落实"学习教育、调查研究、检视问题、整改落实"总要求，要求全院干警时刻牢记司法办案的初心和使命，把主题教育同推进"两学一做"学习教育常态化制度化结合起来，同"突出问题集中整治"活动结合起来、同法院审判执行等各项工作结合起来，做到"两手抓、两不误、两促进"；严格按照上级法院的要求对党组成员及干警"遵守中央八项规定""开展党风廉政建设和反腐败教育活动""领导干部违规参与过问案件""法院系统工作人员涉黄赌毒和黑恶势力被查处情况""公职人员组织参与民间高利借贷""虚报冒领补助和司法作风问题专项整治"等活动开展监督自查及排摸，将督查结果及排摸情况如实进行了上报；对近三年来本院已结案件法律文书送达及外地法院委托送达法律文书未按期送达清查活动，及时发现问题，对未按期送达的法律文书，及时督促办案法官及书记员进行送达，进一步维护当事人合法权益，提高司法公信力；根据院党组的安排部署开展执行案款、诉讼费、执行费及涉案款物集中清查行动，要求办案人员对2018年至今自己所有办结的刑事、民商事及执行案件逐案排查，对未通知当事人领取的执行案款及时通知当时人领取，对私自收取的诉讼费、执行费、保证金、公告费、罚金等费用及时退还案件当事人或按规定上缴法院财务室，对长期未领取的执行案款要求办案人员尽快通知当事人领取，对无法及时领取的要求办案人员说明原因或退还被执行人，通过此次清查，进一步规范了干警行为，提升了法院形象。

（五）助推扫黑除恶，加速"挖伞破网"。加强对本院及人民法庭扫黑工作的监督检查，研究制定了《漳县人民法院在扫黑除恶专项斗争中强化监督执纪问责实施办法》，明确规定对扫黑除恶工作重视不够、线索发现不及时、打击不主动，整治不深入，落实措施不力、发现问题不报告等追责问责实施程序，以严肃的追责问责倒逼责任落实。认真对标中央要求，紧扣省市县委部署，组织相关审判人员和纪检监察人员对近五年以来收到的信访举报线索和审执结的民间借贷纠纷、涉众型经济、职务犯罪以及办结的涉恶案件中查找"保护伞""关系网"，逐案进行甄别研判，筛查排摸出涉恶线索38件38人，报送生效涉恶刑事判决书7份，督促本院业务庭室向有关单位发出司法建议书15份，做到问题线索排查彻底、线索处置措施到位、线索移交结论精准。

（六）扎实开展队伍教育整顿 锻造过硬法院铁军。政法队伍教育整顿开展以来，我院按照"绝对忠诚、绝对纯洁、绝对可靠"的要求，对标对表党中央决策部署，突出筑牢政治忠诚、清除害群之马、整治顽瘴痼疾、弘扬英模精神"四项任务"，紧扣学习教育、查纠整改、总结提升三个环节，以高度的政治自觉、强烈的责任担当和务实的工作举措，掀起了一场声势浩大、力度空前的自我革命。查纠整改环节是政法队伍教育整顿的中心环节，问题查纠深入不深入、整改彻底不彻底，直接决定着教育整顿的成效。为此，我院围绕"六大顽瘴痼疾"，结合我院工作实际制定了《漳县人民法院顽瘴痼疾专项整治方案》，成立工作专班，通过干警自查自纠、听取各方意见、深入走访调查等方式全面开展整治，对政法队伍在思想政治、纪律作风、执法司法方面存在的突出问题和具体表现，进行全面排查梳理，既发现"面上"问题，又深挖"里面"问题，拉网式排查每个领域和每个环节，确保把问题找全、找准、找实。努力实现"两个基本一明显"：即长期影响制约本院公正司法的深层次问题基本得到根治，群众反映强烈的司法问题基本得到解决，司法公信力得到明显提升。我院在队伍教育整顿期间共收到县政法队伍教育整顿领导小组办公室转办线索 8 条，其中 B 类线索 1 条，C 类线索 7 条，接待来访 10 人，对信访案件及当事人来访所反映的问题进行了认真负责的核查，并将核查报告层层把关审核后报送县队伍教育整顿领导小组办公室，及时将核查结果向当事人进行了通报、反馈，通过全方位、全过程督察，按期实现了线索清零。通过谈心谈话和思想发动，在"自查从宽"政策的感召下，漳县法院 3 名干警在《自查事项报告表》填表前主动向组织说明问题，请求从宽处理，有 13 名干警在《自查事项报告表》中主动填写了需要说明的问题。在编干警填报问题数 133 条，问题填报率 100%。按照工作程序和"自查从宽、被查从严"政策精神，报县纪委监委同意，给予全院通报批评 10 人，县纪委监委给予提醒谈话 1 人，诫勉谈话 2 人，党内严重警告、行政记大过 1 人，行政记过处分 1 人，政务警告处分 2 人。主动说明问题的 16 名在编干警和 1 名省聘书记员，已全部兑现了从宽政策，政策适用适当，不存在避实就虚、以小代大、畸轻畸重等情况。聚焦法院主责主业，围绕优化营商运营环境、强化民生领域执法司法、坚持和发展新时代"枫桥经验"、打造"一站式"诉讼服务为民解愁。开展"百名法官进千家"普法宣传、"智慧诉讼服务"，将"我为群众办实事"活动贯穿始终，用心用情用力解决群众在政法领域的急难愁盼问题，增强人民群众获得感、幸福感、安全感。

（七）坚持"三个坚持"，全面落实"三个规定"。自"三个规定"系统平台上线以来，我院坚持把"三个规定"纳入干警学习培训计划，通过党组会、党组理论学习中组、全院干警大会等方式多次组织全院干警学习"三个规定"的具体内容，通过领导带头学、大会集中学、干警自主学等方式集中系统地学习了"三个规定"的具体内容和填报要求；同时为了帮助结解决干警办案路上的烦心事，我院进一步加强外部宣传引导，一方面以队伍教育整顿期间召开座谈会为契机，积极向外部宣传"三个规定"相关内容，另一方面通过印制"三个规定"学习宣传手册、开展"三个规定"大宣讲活动、拍摄"三个规定"短视频、为全院干警定制"三个规定"手机彩铃等方式面向全社会广泛宣传"三个规定"，形成了全社会共同参与、共同监督的良好局面；坚持党组成员以身作则、率先垂范、主动落实"三个规定"填报工作，形成了良好的"头雁"效应。分管领导主动带头带动本部门全面填报，营造了应报尽报的浓厚氛围，同时结合工作实际积极开展遵守防止干预司法"三个规定"知识测试和书面承诺行动，全院100名干警全部书面承诺做到"逢问必录"，同时要求院纪检监察部门要切实加强"三个规定"执行情况的监督检查，坚决杜绝贯彻落实走过场、图形式，确保"三个规定"在我院落地生根。

结合政法队伍教育整顿，我院第二季度共记录报告"三个规定"相关信息306条，其中4月报100人送101条（2人报送2条信息）；5月100人报送103条，共报告22条过问信息，［其中党组成员5人填报过问信息4条，（其中1名党组成员共报告2条过问信息）］中层以上领导干部7人报送相关信息8条（其中1名部门负责人共报告2条过问信息）；其余9人报送10条信息（其中1名部办案人员同一报表中共报告2条过问信息）］；6月101人报送102条信息（其中2名部门负责人共报告3条过问信息、综上全院干警共报告25条信息与外部人员过问案件信息17条，内部人员过问案件信息5条；与当事人和律师等利害关系人接触交往信息3条，共补报20条信息（补报2021年4月之前）；本季度共记录报告相关信息5条，做到了应报尽报。

四、存在的问题、原因分析、强化的措施、意见建议

（一）存在的问题

一是对办案人员办案程序监督及司法权运行的监督力度不够，刚性不足，存在缺位。二是对监督执纪中出现的新情况新问题，思考总结不够、能力不足，没有拿出确实可行的应对措施和有效的解决办法。三是运用监督执纪"四种形态"，特别是"第一种形态"重视不够，对纠正隐形"四风"研判不深、督查不细，没有充分用好问责利器。四是对全院干警纪律作风监督长效性、针对性方面，主动谋划少，措施不够硬，方法不够实，监督执纪工作处于一种尴尬境地。五是对党中央和上级法院的反腐倡廉的新精神新任务钻研不深，对上级法院对纪检监察工作新要求理解把握不准、业务不熟，政策法规知识掌握不精，对审务督察和司法巡察中发现的问题在督促干警整改上存在走过场、做虚功、流于形式的问题。六是我院纪检监察干部的能力、素质不能完全适应新时期对纪检监察干部提出的新任务、新要求。

（二）原因分析

一是由于基层法院纪检监察部门未完全明确是否为派驻机构，导致院党组在安排工作时出现一定偏差，有时上级党委、法院下发的文件和牵头的工作，也交给派驻纪检监察组负责。导致我院纪检监察部门承担了我院大量的日常工作和党建工作，没有切实做到将工作重点集中到监督、执纪、问责上来。

二是由于干警政治站位不高，没有从思想上树立起"在监督中工作""在监督中办案"的意识，对纪检监察部门的监督检查往往产生反感的心理，例如每周对迟到、早退旷工进行通报处罚时，往往会找来各种不满和骂名，这种种的不理解导致我院纪检监察部门干部在工作中难以进一步开展工作；另一方面由于目前基层法院的纪检监察是内部监督，所针对的主体都是朝夕相处的同事，故而思想上认为所从事纪检监察工作是栽刺不如栽花，容易得罪人讨人嫌，是吃力不讨好的苦差事。在面对许多新问题、新矛盾时，缺乏为民服务意识、大局意识，有畏难情绪，监督上级怕打击报复，监督同级怕妨

碍团结，监督下级怕伤和气，担心自己管多了，干警不理解，甚至产生反感心理。在面对反映或督察出的苗头性、倾向性问题时，为避免影响单位、同事和领导的声誉，影响与同事间的关系，往往不能够正确对待，多采取大事化小，小事化了，内部消化的方式，对部分干警出现的错误行为没有做到红脸出汗，问责力度不强，压力传导递减。

三是由于近年来由于司法体制改革，"让审理者裁判，由裁判者负责"开始逐渐在全国法院推行，导致我院纪检监察部门对已审结的案件很少进行回头看，即便是在审务督察的过程中，对各庭室所办结案件的庭审直播及案卷整理、装订情况，也仅仅是抽查极个别案件的庭审情况及案卷装订情况，问题发现之后也没有仔细进行分析研判，仅仅只是轻描淡写地要求干警在以后的办案过程中多注意，没有及时进行警示教育，没有充分发挥纪检监察工作的"探头"和"哨兵"作用。

（三）强化工作措施

一是强化理论学习，加强党性锻炼，树立好新时期纪检监察干部"忠诚干净担当"新形象。强化党性修养，切实做到政治上讲忠诚，组织上讲服从、行动上讲纪律，筑牢党性，提炼品格，提升境界。努力锤炼责任担当的勇气，始终保持责任担当的胸怀，不断增强责任担当的底气，以强烈的事业心和责任感，勇于担当，主动作为。正确对待和处理公与私、义与利、俭与奢的关系，自觉培养积极健康的的生活情趣，讲操守、重品行、淡名利、端正人生追求、常怀平和之心、常戒非分之想，时刻保持头脑清醒，正确辨别是非曲直，始终做到清白做人、干净做事。

二是强化宗旨意识，锻造履职能力，进一步增强做好纪检监察工作责任感和使命感。牢记纪检监察干部宗旨，不断加强党性修养，抵制各种诱惑，努力做到严守规矩、坚持原则、不行错、不逾矩。以开展"不忘初心、牢记使命"主题教育为抓手，坚持"打铁必须自身硬"的政治要求，牢固树立监督者更要自觉接受监督的意识，把握运用"四种形态"，提高监督执纪刚性，加大追究问责力度，坚决克服不想监督、不敢监督的问题，不断推进全面从严治党、从严治院向纵深发展。

三是强化制度，压实责任，营造积极履职尽责的良好环境。一是建立完善刑事案件罚金、涉案款物及诉讼费、执行费缴纳、司法救助金领取运行制度。及时发现纠正违纪违规行为。二是建立重大工程采购审查备案制度。对法院重大工程项目、重大采购项目及招投标事项派员现场监督。三是探索建立案件回访制度。对上级法院发回重审、改判案件、本院已审执结及当事人投诉举报案件全部纳入监督检查范围，由纪检监察部门牵头其他相关部门配合组织开展监督检查，对当事人进行回访，重点了解办案人员办案期间是否存在违纪违法现象，让案件得到公正裁判，守住司法廉洁的底线。

四是坚持"三转"，聚焦主业，构建法院反腐倡廉监督新机制。加强干警廉政教育，确保"廉风"常吹。加强干警纪律作风教育、警示教育，灵活运用廉政约谈教育措施，督促干警时刻绷紧"纪律弦"。加强干警作风建设，时刻绷紧廉政发条。加大对政治纪律、组织纪律、财务纪律、工作纪律、办案纪律的监督检查力度，及时将检查结果在全院通报情况，让纪律、规矩挺在前面。加强案件廉政巡查，敢于向"人情案、关系案、金钱案"亮剑。严格落实最高人民法院《人民法院落实〈领导干部干预司法活动、插手具体案件处理的记录、通报和责任追究规定〉的实施办法》《关于进一步规范司法人员与当事人、律师、特殊关系人、中介组织接触交往行为的若干规定》等文件精神，严肃查处"人情案、关系案、金钱案"等违法违纪行为。

（四）意见建议

一是配备相应的办案设施，提高依法依纪办案的科技含量。一方面由于目前我院纪检监察部门尚未配备应有的设施设备，装备相对落后，绝大多数情况下是靠一张嘴、一支笔、几张纸办案，严重制约着办案效果，难以适应形势发展的需要，另一方面由于没有配备相应的装备而无法配备调查取证的合法性，存在较多的审查调查安全方面的问题，造成工作上的两难境地。建议着重解决基层法院开展办案工作的硬件设备，如建立谈话室、配备录音、录像监控设施、安检设施、配备配齐日常紧急药品等，降低"走读式"谈话存在的安全隐患，不断提升基层法院纪检监察部门快速反应能力，为基层法院纪检监察部门依法依纪办案提供现代化的有力保障。

二是组织纪检监察干警开展业务的技能培训。由于目前我院纪检监察干部的能力、素质都难以适应新时期提出的新要求。建议可以紧密结合法院工作实际情况，每年都对基层法院纪检监察干警信访、案件检查、案件审理等业务知识开展多层次、多渠道、多形式的培训，不断提高基层法院纪检监察干部的业务素质和职业素养。采用"请进来、走出去"的办法进行业务知识的培训学习，组织基层法院纪检监察干警开展赴外地学习进行考察学习，进一步开拓干警的思维和视野、畅谈工作中的体会和感悟，不断改进工作方法、共同探索在工作中遇到问题的解决办法、相互启发、互通思想、互通信息，着力提高业务素质和工作技能，以达到启迪思维，相互借鉴，取长补短的效果。

（本文获 2021 年度全省法院调研报告优秀优秀奖。）

乡村振兴战略视域下美丽乡村建设的现实困境及实践问题探索

冯　毅

【内容摘要】美丽乡村建设是小康社会在农村的具体化表达，也是农村改革发展稳定的概括总结；是乡村振兴战略的基本组成部分，既是我们实现美丽中国建设的一个重要平台和抓手，又是我们推进农村现代化建设的一个重要治理模式。因此，大力实施乡村振兴战略对美丽乡村建设具有重要的现实意义。本文以西部欠发达地区、少数民族地区为视角探索美丽乡村建设的意义、分析美丽乡村建设过程中面临的问题，提出乡村振兴战略视域下美丽乡村建设的对策和路径思考，以期对今后美丽乡村建设进一步完善有所裨益。

【关键词】美丽乡村　振兴战略　问题探索

党的十九大以来，习近平同志围绕实施乡村振兴战略，提出一系列关于"三农"发展的重要论述，进一步丰富了习近平新时代中国特色社会主义思想，是新时代我国农业农村改革发展的思想指导和行动指南。美丽乡村建设就是通过有效的手段和载体围绕农村生态产业建设、生态环境建设和生态文化建设等整合各方力量与资源，形成治理有效、环境友好、美丽宜居的农村现代化生产生活方式，引导农村逐步走向乡村振兴的文明发展道路，它以生态宜居的方式提出，会使美丽乡村建设内容更具体，建设方案更具有可操作性。

一、现实意义：实施振兴乡村战略的必要性

在习近平总书记所做的十九大报告中，首次提出"实施乡村振兴战略"，

这是以习近平同志为核心的党中央做出的重大决策，是统揽新时代"三农"工作的总抓手，是决胜全面建成小康社会、建成社会主义现代化强国的一项重大战略任务；实施"乡村振兴"战略，是从根本上解决目前中国农业不发达、农村不兴旺、农民不富裕的"三农"问题；根据牢固树立创新、协调、绿色、开放、共享"五大"发展理念，做到生产、生活、生态的"三生"协调，推动农业、加工业、现代服务业的"三业"融合发展，真正实现农业发展、农村变样、农民受惠，最终建成"看得见山、望得见水、记得住乡愁""保留住人"的美丽乡村、美丽中国。因此，大力实施乡村振兴战略，推进美丽乡村建设具有深远的历史意义和重要的现实意义。

二、语义解读：振兴乡村战略的内涵

党的十九大报告提出，加快生态文明体制改革，建设美丽中国；美丽乡村建设是振兴乡村战略的重要组成部分，也是实现农村全面建成小康社会的重要内容；乡村振兴战略的实施与 2006 年提出的新农村项目相比，具有内容更丰富、要求更高、难度更大的特点。

新农村建设的要求是"生产发展、生活宽裕、乡风文明、村容整洁、管理民主"。乡村振兴战略将"生产发展"改为"产业兴旺"，要求三大产业融合发展，提高效率，有竞争力，这并不是提出一个简单的任务，而是对农村产业经济发展方向的一个重大调整；"村容整洁"改为"生态宜居"，强调生态文明的发展理念，对村容村貌提出了更高的目标和要求，"管理民主"改为"治理有效"，农村治理不再只局限于民主管理、民主监督，更重要的是农村基层的管理制度和人才架构，以及怎样提高基层领导的治理经验、治理水平、治理能力，"生活宽裕"变成"生活富裕"，乡村振兴的要求不仅仅是满足农民的基本生活需要，其收入还应该达到更高水平，能够有多余的收入用来享受教育、医疗、文化、旅游、生活等方面的需要，这对农村经济发展、产业发展提出了很高的要求；"乡风文明"不变，因为本身已经是很高的要求和目标了，十年树木百年树人，不仅仅是农村基层的文明程度很难提升，甚至整个全球的文明程度的提升也是一个道阻且长的艰辛提升过程。

三、问题分析：实施振兴乡村战略的现实困境

当前，推动美丽乡村建设，在西部欠发达地区、少数民族地区面临着治理体系和治理能力现代化水平还不高，法治建设还有待提升等问题。如何有效推动治理体系和治理模式不断创新，是实现农村社会有序治理、建设"美丽乡村"需要面对的重要课题。

（一）美丽乡村建设在治理体系和治理能力现代化方面存在的问题

十八大以来，虽然农村经济社会发展取得长足进步，特色效益农业发展态势良好，地方党政抓住特色产业发展不松手，大面积地促进了农业增效、农民增收，但也还存在不少突出问题。

1.产业质量效益不高，村容村貌杂乱。西部欠发达地区、少数民族地区虽然特色等产业绿了青山，有一定经济效益，但转化为金山银山的成色还不够；乡村土地撂荒较多，小麦、玉米、洋芋等低效农业占比较大，土地产出率、劳动生产率、资源利用率较低；设施农业、定制农业、休闲农业、体验农业、农村电商、乡村旅游等新业态发展缓慢；单家独户散居多，到处是横七竖八的"火柴盒"，一些地方危旧房、"空巢房"破烂不堪；一些居民乱搭乱建、乱丢垃圾，厨房、厕所、圈舍严重"脏、乱、差"。

2.农民生活水平较低，乡风文明程度不高。2020年城乡居民人均可支配收入比率（简称城乡居民收入倍差）为2.56，西部欠发达地区、少数民族地区农民人均收入与城镇居民的人均可支配收入的差距比还要低一些，已脱贫群众收入还不高；农村基础设施欠账较多，公共服务还不完善，社会保障水平还不够高，集体经济"空壳村"众多；群众精神文化活动较少，乡土文化部分消失；部分村庄大墓、豪华墓、活人墓十分显眼；一些地方"黄赌毒"、迷信和邪教活动有所滋长；因家庭矛盾、邻里纠纷等导致的恶性案件时有发生。

3.对改善农村人居环境关注不够。西部欠发达地区、少数民族地区大多

数乡村未能较好地处理经济发展和生态保护的关系,一些农村居民的法治观念单薄,生态文明意识不强,为追求"高产量"的生产,增加家庭收入,不惜大量使用农药和化肥,大搞"污染型养殖业"等,破坏生态环境,以致水体被污染、水质下降,加之对生产过程中造成的废水、废气和废渣等未能进行恰当处理,在一定程度上对生态防护功能造成破坏,造成水污染和空气污染,严重危害人们的身体健康。

4. 对乡土人才重视不够。美丽乡村建设离不开人才,尤其是积极投身乡村建设的管理人才和服务人才。但因西部欠发达地区、少数民族地区农村生产生活条件极为艰苦恶劣,城乡收入差异较大,乡村收入总水平较低,与沿海和周边发达地区相比其发展水平更加滞后,致使农村大量劳动力外出务工流入城市,乡村人才流失严重,留守农村的大多以老人和小孩为主,农村空心化严重,农村劳动者老龄化、兼业化十分突出。虽有一些农业科技人员、返乡农民工、工商业主进入农村创新创业,但也仅是杯水车薪,农村大面积的人才缺失依然严重,真正留在乡村最基层、生产经营第一线的人才屈指可数,这些现象的存在不仅严重削减农村生产发展活力,而且使农村社会因高质量人口的流失而活力不足。

(二)美丽乡村建设在法治建设方面存在的缺陷

1. 传统文化缺少法治因素导致乡村法治文化的缺失。传统文化崇尚人治,重视圣人在乡村治理中的作用;《荀子·君道》:"有治人,无治法。"主张有善于治国的君主,没有善于治国的法度,强调人在治理国家中的作用;人治文化在我国历史中一直占据主要地位,并且在乡规民约中得到进一步的强化和巩固;随着市场经济纵深发展,乡村中人与人之间的交往更关注利益,尤其是经济利益,被逐渐放在首位,为了利益可以突破道德底线,甚至于践踏法律,利益的信仰和权威代替了法律的信仰和权威,导致乡村法治处在可有可无的尴尬境地。

2. 法治教育因素。普法教育已经多年,但是针对乡村的普法教育一直是薄弱环节,西部欠发达地区、少数民族地区乡村普遍远离城市,经费有限导致乡村的普法教育流于形式，乡村法治教育中缺乏专门的人才来从事这项工作；审视我国法治教育有这样一种倾向，那就是把法律解释成一种戒律，要老百姓服从，让老百姓守法就是让老百姓"听话"，在法律面前规规矩矩并且用违法犯罪率高低，作为衡量一个地区法治水平的唯一标准。乡村的法治教育脱离乡村实际，村民感到法治教育没有用处，导致法治教育缺乏针对性和实效性。

3.法律信仰与权威的缺失阻碍了乡村法治建设的发展。西部欠发达地区、少数民族地区村民对法律的信仰和敬畏之心还没有树立起来，上访是村民解决矛盾的常态方式，寄希望于一个青天大老爷。究其原因，一是长期以来村民通过关系和人情来解决自己遇到的问题，见效快，而且效果好；二是身边出现的个别司法不公的情况影响了司法公信力，打招呼、请客送礼等个别不公正的司法案例带来的负面影响短时期内难以消除；三是村民证据意识淡薄，没有证据或证据不充分，导致自己的合理主张得不到法律的认可，从而不相信法律；除了打官司以外还要打关系现象的存在，给乡村带来负面影响，削弱了法律的权威。

四、路径选择：实施振兴乡村战略美丽乡村建设的思考

十九大报告提出，实施乡村振兴战略，并将它列为决胜全面建成小康社会需要坚定实施的七大战略之一。坚持农业农村优先发展，按照产业兴旺、生态宜居、乡风文明、治理有效、生活富裕的总要求，建立健全城乡融合发展体制机制、政策体系和法治建设，加快美丽乡村建设，推进农业农村现代化。所有这些都要靠加快建设美丽乡村来有效解决。

（一）加强领导，强化宣传

西部欠发达地区、少数民族地区实现乡村振兴，建设美丽乡村，关键在党。因此，坚持各级党组织对"三农"工作的领导尤为重要。各级党委和政府必须健全农村工作领导体制，理顺涉农部门的职责分工，深化农村改革，强化投入保障和规划引领，充分发挥广大农民的积极性和创造性，活化农村资源

要素，汇聚全社会支农助农兴农力量，制定切实可行的美丽乡村建设方案。

各乡镇根据实际情况制定切实可行的宣传方案及培训计划，对美丽乡村创建的目的意义、标准要求开展全方位、多层次、多角度的宣传培训，促进人民群众深刻领会美丽乡村创建的重要意义及相关要求，引导他们积极主动参与创建活动，逐步消除"政府干、群众看"的现象，确保创建工作没有"局外人"，没有"门外汉"。宣传引导方式上，可充分利用村广场会、县级电视台、村内宣传栏等途径扩大宣传面，经常性地表扬先进典型，及时通报批评个别村民的违法违规行为，从而逐步转变村民的思想观念，引导村民将思想内化为实践行动。

（二）按照"乡风文明"要求，塑造乡村新风貌

西部欠发达地区、少数民族地区要按照"看得见山，望得见水，记得住乡愁"的要求，深入发掘乡村背后的故事和文化基因，保护乡村社会价值和情感记忆，让"乡愁"成为离开乡村的人最美的守望，成为没来过乡村的人最美的畅想。把移风易俗、乡风文明建设与群众文化活动紧密结合起来，不断丰富群众文化生活，大力传播乡风文明，真正把乡村建设打造成为农民群众的精神家园、人文家园、和谐家园。

1.以"五治工程"活动为手段，引导村民养成好习惯。各相关部门、各乡镇要一以贯之、持之以恒地抓好这项工作，既要注重环境质量整体提升，又要扭住重点、攻克难点，不断完善管理办法，严格落实管理制度，彻底解决垃圾乱扔、污水乱排、棚舍乱搭、生产用具乱放等问题，逐步引导农民群众养成好习惯。

2.以丰富活动载体为重点，促进村民形成好风气。广泛开展"文明人、文明户、文明村"等评选活动，宣传展示基层群众身边好风气的典型模范；进一步丰富活动载体，邀请文艺团队，把好的典型故事搬到舞台、展现到群众身边，或者通过宣传栏、歌谣、顺口溜等形式，引导农民群众自觉摒弃不良风气，逐步达到"日用而不知"的效果；逐渐引导村民从喝酒赌博的消遣方式向广场舞、文艺演出、读书看报等转变。健全公共服务体系，实现物质与精神的双脱贫；利用孝文化传统，进行爱国爱党、孝老爱亲教育；利用广播电视、微信等开展政策宣传、法制宣传、感恩教育、风气培养等。

3.加强农村法治建设。推进平安乡镇、平安村庄建设，开展突出治安问题专项整治，引导广大农民群众自觉学法、守法、尊法、用法，用法律维护自身权益。大力推进农村精神文明建设，弘扬优秀传统文化和文明风尚，依托村规民约、教育惩戒等褒扬善行义举、贬斥失德失范，增强农民群众对党组织、村集体的归属感、认同感，逐渐形成"文明和谐、友爱诚信、互帮互助、尊老爱幼"的良好风尚。同时，借助各种会议至少每月开展一次文明村风、良俗村约等宣传教育，进一步提升村民的思想道德水平，促进村民形成好风气。

（三）加强基础设施建设，营造生态宜居的乡村发展新环境

1.抓好以道路网络建设为重点的农村基础设施建设。西部欠发达地区、少数民族地区各级政府必须尽快推进乡村道路与主干道路连接，实现村道、乡道与县道、省道及国道相互联通，完善乡村道路网络，加快村（间）内断头路、空白路建设，实施道路通村组、道路入户工程，把路修到农民的家门口，解决"最后一公里"问题。到2022年，实现产业基地、居民点道路通达率100%，基本实现乡乡通油路、村村通硬化路并基本联网、村内通组路，具备条件的建制村通客车比例达到95%以上。

2.坚持"整洁、美丽、和谐、宜居"工作目标。集中开展农村生活垃圾、污水和厕所等的治理，加强农村面源污染治理，完善农业废弃物资源化利用制度，建立健全乡村环境治理长效机制。要全面推行"户集—村收—乡运—县处理"的城乡环卫一体化模式，引导村民养成垃圾分类处置习惯，建立行政村常态化保洁制度，逐步实现村民小组保洁员配备率100%。积极推广低成本、低能耗、易维护、高效率的污水处理技术，推进乡镇污水处理站和村镇微型生活污水处理设施建设。力争到2022年，90%以上的乡镇有正常运行的污水处理厂，85%以上的村庄基本实现生活污水处理，基本消除农村黑臭水体。同时，要广泛开展农村"厕所革命"，重点改造旱厕，修建农村户

用卫生厕所，配套建设公共厕所。争取到 2022 年，农村户用卫生厕所普及率达到 95%，农村有独立的、管理良好、干净整洁、粪污得以有效处理的公共厕所达到 90% 以上。

3. 处理好经济发展和生态保护的关系。当经济发展与生态保护发生冲突时，经济发展必须让位于生态保护，决不能以减少基本农田、以破坏生态环境为代价，对于那种"污染型养殖业"，该减的必须减，该退的必须退，在绿水青山下搞生态农业，守住"生态美"这块阵地，让乡村山清水秀、天蓝地绿，积极推进农村生产方式、生活方式和消费方式的绿色化、生态化，发展绿色产业、培育"美丽经济"。

加大水、大气环境综合整治力度，不断优化有机农业生产环境，大力推广秸秆综合利用技术，增施生物有机肥，改良土壤，不断提高土壤有机质含量，推进有机农产品标准化生产技术规程，建立健全有机农产品生产基地质量管理体系。依托企业主体，大力推广节水灌溉、设施规范化栽培、无公害生产、反季节蔬菜育苗等技术；加强有机农产品质量监控体系建设，实行数字化生产和管理，建立有机农产品质量管理可追溯体系。

（四）以三产融合催生乡村发展新业态，提升农业现代化水平

1. 加快实现"互联网+"现代农业行动。西部欠发达地区、少数民族地区要借用网络平台，将高速云计算、大数据、移动互联网、物联网、人工智能等新技术引入农业生产、加工、销售环节，建立农业数据智能化采集、处理、应用、服务、共享体系。建设农业监测预警云平台，打造智慧农业技术应用示范样板，提升农业产出价值，丰富完善农产品交易网，实现"互联网+"，建立健全农业综合信息服务体系，实现"益农信息社"全覆盖。从而把当地的"土货"变成村民致富的主要门路。

2. 突出市场主体体系。着力引进一批集种苗繁育、微生物研发、流通贸易于一体的大型有机农产品企业，引导、扶持各类流通中介组织和农村专业合作组织，建立有机农产品配送中心。支持有条件的龙头企业、农村专业合作组织面向高端农产品市场，加快开发有机农产品市场，加强有机农产品配

送，促进有机农产品营销，加快建立有机农产品物流体系。

3.与时俱进发展农业新业态。要加快构建现代农业产业体系，促进农村一二三产业融合发展，就必须秉承大农业理念，把新技术、新业态引进乡村，全面开发农业复合功能。一是瞄准城乡居民食品消费结构升级过程中产生的全新市场空间，围绕粮油、果蔬、肉食品、茶叶等重点产业，提高农产品附加值，延长产业链价值链；二是规划建设一批现代农业产业融合示范园区，推进产业集群集聚发展；三是突出地域特色，加快形成以特色农产品和大宗农产品品牌为核心的农业品牌格局；四是提升农业的文化、科技、教育、休闲度假、旅游观光等价值，增强农产品精深加工能力，努力实现产地生态、产品绿色、产业融合、产出高效。

4.在高质量完成脱贫攻坚任务的同时，真正做到产业"扶贫"而非产业"扶农"。西部欠发达地区、少数民族地区要支持县、市创办一二三产业融合发展扶贫产业园，创建旅游扶贫示范区，坚持扶贫同志智双扶相结合。一是注重转变贫困群众的思想观念，变被动的"要我脱贫"为主动的"我要脱贫"，增强其脱贫的主体意识；二是围绕产业发展和就业需要，加强其脱贫技能培训，提升贫困群众发展生产和务工经商等基本技能；三是采取劳务补助、劳动增收奖励等方式，组织引导贫困群众广泛参与产业发展、公共服务、基础设施建设，使其成为有本领、懂技术、肯实干的劳动者。

（五）培植特色产业，加快农旅融合

西部欠发达地区、少数民族地区美丽乡村建设如果没有特色产业做支撑，农民就不会有稳定的收入，建得再好都留不住人，最终必然走向"空心化"。因此，必须充分依托生态旅游资源、特色农业资源和乡村文化资源，大力发展特色农业、休闲观光、阳光康养、生态旅游、文化创意等类型的特色镇、特色村，实现生产生活生态深度融合。发挥农业观光功能，培育一批乡村旅游强县强企，推动农林牧渔等产品向旅游商品转化，促进"农业+旅游"产业融合；发挥农业体验功能，围绕"耕、采、做、尝"，建设农耕博物馆、农耕劳动体验、亲子菜园、采摘园等，促进"农业+体验"产业融合；发挥农业文化功能,深挖风土人情,开发独特产品,促进"农业+文创"产业融合,打造"一村一品、一村一景、一村一韵"的特色乡村。以田园综合体为平台建设集科技、休闲、体验、餐饮、娱乐、住宿于一体的现代农业产业园,丰富多种业态,形成产业集群和乡村旅游环线。以乡村农耕文化为线索,恰当运用文化元素符号,打造景观体系,营造乡村旅游的整体氛围,形成一个乡土自然环境——乡土民居——乡土劳作——乡土生活的乡村农耕文化体系,并开展一系列农耕文化项目。这些实实在在的乡村振兴项目的落实,将极大地推进乡村绿色旅游产业发展,加快农旅融合。

(六)开拓乡村法治文化建设的新路径

1.将公平正义理念融入乡村。由戒律式的法治文化建设转向以公平正义为核心的法治文化建设。公平正义是法治的核心价值追求,乡村法治文化建设不是清规戒律的宣传,而是公平正义的维护与弘扬,以及如何实现公平正义的最佳途径。公平正义是法律的终极价值追求,法治文化的建设围绕什么是公平正义,如何实现公平正义来展开的,乡村村民需要的不是清规戒律,而是如何实现公平正义,如何能够在一个公平正义的乡村中生活。

2.政府主导,乡村参与。政府是乡村法治文化建设的积极推动者,政府本身拥有广阔的法治文化资源,能够整合这些资源来推动乡村法治文化的顺利进行。一是建设法治文化示范村、法治文化广场,以点带面,推动法治建设。二是政府工作人员在工作中以身作则,依法办事,模范遵守、运用法律来解决乡村问题。三是村干部带头学法、尊法、用法。乡村两委成员首先自己要学法、尊法、用法,养成遇事找法,解决问题靠法的办事习惯。两委成员的法言法行在村里具有潜移默化的影响作用,可以说抓住了两委成员,就抓住了乡村法治文化建设的牛鼻子。

3.弘扬权利,推动乡村村民的广泛参与。法治来源于生活,同时又高于生活,法治就在村民的身边,在全面依法治国的大背景下,乡村村民对法律有强烈的需求,渴望获得法律的帮助。首先,积极培养乡村村民的权利意识。乡村村民权利意识的觉醒才能促使村民自觉地学习、运用法律,提高村民学法、用法的积极性和主动性。其次，培养乡村村民的证据意识，学会如何运用证据来保护自己的合法权益。证据在维护自己的合法权益中起着核心的作用，由于没有证据或证据不足导致无法维护自己合法权益的情况在村民中经常发生，也在一定程度上损害了法律的权威，因此，教会村民如何搜集、保留证据，有助于乡村法治文化的建设。最后，培养村民法律至上观念，自觉尊重维护法律的权威。乡村村民的合法权益需要法律来保障，如果不尊重法律，肆意地践踏法律，就会损害法律的权威，从而损害自己的合法利益。

（七）繁荣乡村文化，打造文化产业品牌

习近平在党的十九大报告中指出"满足人民过上美好生活的新期待，必须提供丰富的精神食粮"。"完善公共文化服务体系，深入实施文化惠民工程，丰富群众性文化活动"。因此，广大基层干部特别是乡镇、村（社）级党政组织要加强对文化建设重要性、必要性的认识，彻底克服只抓经济发展而忽视文化建设的错误倾向，要成立文化建设的专门领导机构，具体负责开展此项工作，并大力宣传、引导广大农村居民参与到文化建设中来。推进乡镇综合性文化站、村综合性文化服务中心建设，打造基层综合性公共文化设施和场所。加强乡村文化院坝、农家书屋、村文化活动室、农民工文化驿站、留守儿童文化之家等文化阵地建设，选择有代表性的村落建设村史馆。支持发展各类民间文化团体和扶持优秀民间文艺人才，有效地加强文化"种"到乡村日常生活，培育农村文化建设主体的自觉意识与创造能力，鼓励通过"结对子、种文化"等方式，开展文化结对帮扶。

同时，各级政府要充分抓住国家文化大发展的战略机遇，树立产业观念，培育农村文化市场，带动农村文化产业的发展。尤其"要在'特色'上下工夫，努力打造农村文化品牌，深入挖掘地域历史文化遗产和文化资源，加大文化旅游产品、旅游商品开发力度，着力打造一批文化旅游胜地"。由相关职能部门牵头，将景区、餐馆、宾馆、铁路或公路、商业街道、游乐场所等结合，形成吃、住、行、游、购、娱等综合配套服务。利用大数据、物联网、云计算、互联网等技术，制作一些微电影、小动漫在红色场馆放映，以传播红色声音、讲述红军故事、传承红军精神，让游客愉快地接受红色文化的教育和熏陶。注重传承非物质文化遗产，挖掘孝文化、德文化、"仁义礼智信"文化等本地特色文化，保留县城遗址、战斗遗址、红色印记、民族风俗等各个村落独特的文化，展示乡村地方民俗、风物和各类民间文化，让人们留住农村特有的"乡愁"。

（八）建立健全人才流向乡村机制，培养乡村建设人才

1. 培养新型职业农民。这是现代农业的生产主体、发展主体、创新主体。实现乡村振兴，提升农民素质是关键，必须把提升农民素质、激发内生动力作为美丽乡村建设的重要任务来抓。通过政府购买服务等创新模式，对农民进行培训，政府机构进行评估。提升农村教育水平，增强农村对人才的吸引力。通过举办农民培训班，努力培养和造就一大批有文化、懂技术、会经营，具有经济头脑、法制观念、创新精神、效率意识，能适应社会主义新农村建设的现代农民。

2. 大力引进美丽乡村建设方面的人才。加快特色小镇、特色乡村建设，提升乡村对人才的吸引。近年来，各地大力实施人才引进计划，引进了大批高端人才，但多系工业化和城市化方面的建设人才，美丽乡村建设方面的人才，尤其是乡村文化特色产业化、信息化、市场化方面的综合型人才仍然紧缺，要建立健全人才流向乡村机制，吸引人才、留住人才。建立乡村人才奖励制度，开展乡村优秀人才评选活动，表扬乡村优秀干部、企业家和乡土人才。通过较大幅度地提高"三农"工作队伍和科技人才的福利待遇，增强他们的获得感和工作回报率；通过加大对"三农"人才的荣誉激励，提升社会对他们工作的美誉度和认同感，真正让人才留在乡村、扎根乡村、建设乡村。

五、结语

美丽乡村建设是乡村振兴战略的一个重要组成部分，在乡村振兴战略下建设美丽乡村，必须紧紧围绕乡村振兴战略提出的"产业兴旺、生态宜居、乡风文明、治理有效、生活富裕"的总体要求，加快推进农业农村现代化，

让农业成为有奔头的产业，让农民成为有吸引力的职业，让农村成为安居乐业的美丽家园。

（本文荣获全国法院第三十三届学术讨论会暨 2021 年度全省法院优秀论文奖。）

参考文献：

[1] 习近平 . 决胜全面建成小康社会 夺取新时代中国特色社会主义伟大胜利——在中国共产党第十九次全国代表大会上的报告 [N]. 人民日报，2017-10-28

[2] 中共中央国务院关于实施乡村振兴战略的意见 [N]. 人民日报，2018-02-05

[3] 程玉英 . 河北省美丽乡村建设问题研究 [J]. 江苏商论，2019（03）：137-138

[4] 魏玉栋 . 乡村振兴战略与美丽乡村建设 [J]. 中共党史研究，2018（3）：14-18

[5] 陈润羊 . 美丽乡村建设研究文献综述 [J]. 云南农业大学学报（社会科学版），2018（2）：8-14

[6] 李永安 . 中西部欠发达地区美丽乡村建设困境与突围 [J]. 理论月刊，2018（5）：133-137

[7] 何成军，李晓琴，曾诚 . 乡村振兴战略下美丽乡村建设与乡村旅游耦合发展机制研究 [J]. 四川师范大学学报（社会科学版），2019，46（02）：101-109

[8] 唐育坤 . 当前美丽乡村建设中的难点问题分析 [J]. 农村经济与科技，2018（8）：212-213

黄露露

1987 年生人，甘肃甘谷县人，漳县法院综合办公室四级主任科员，2018 年被评为全县优秀公务员。

立足职能　践行初心

——从实际出发思考法治助力乡村振兴下的现状和发展

黄露露

脱贫摘帽不是终点，而是新生活、新奋斗的起点。我们没有任何理由骄傲自满、松劲歇脚，必须乘势而上、再接再厉、接续奋斗。习近平总书记特别引用了"胜非其难也，持之者其难也"这句古语，强调要在巩固拓展脱贫攻坚上下功夫，持续推进乡村振兴，让脱贫基础更加稳固、成效更可持续。

党的十九大强调落实乡村振兴战略要贯彻"健全自治、法治、德治相结合的乡村治理体系"，将"打造共建共治共享"的社会治理格局作为全面推进依法治国的重要内容。党的二十大报告中指出，全面建设社会主义现代化国家，最艰巨最繁重的任务仍然在农村。漳县法院积极响应中央、省、市、县委对乡村振兴的决策部署，立足法院职能、结合工作实际，以司法服务助力乡村振兴纵深发展，通过采用调查研究法、实证研究法和比较研究法对近年来漳县法院司法审判助力乡村振兴的情况进行梳理，探索实践中司法审判在推进乡村振兴这一过程中所呈现出的问题，以期进一步完善司法审判所能及的正向效用。

一、漳县基本情况

漳县位于甘肃省东南部、定西市南部，东连武山，西邻卓尼，南靠岷县，北与陇西、渭源接壤，地处黄土高原陇西地台和西秦岭山地交汇过渡地带，西秦岭山地占全县总面积的 71.9%，陇西地台占 28.1%，在地质构造上隶属于秦岭构造带的西段。海拔 1640—3941 米，地势东北低、西南高，西南部露骨山顶海拔最高，东北部新寺镇晋坪村海拔最低。年平均气温 7.8℃，无霜期 177 天，平均日照时数 2309 小时，平均降雨量 500 毫米。全县总面积 2164.4 平方公里，总耕地面积 46.7 万亩，农民人均 2.5 亩。全县林地面积 83 万亩、森林面积 39 万亩，森林覆盖率 20.18%，居定西市 7 县区之首。全县现辖 10 镇 3 乡 135 个村 772 个村民小组和 5 个社区，户籍人口 21.17 万人，其中乡村人口 15.56 万人。城镇人口 5.66 万人，城镇化率 33.83%。第七次人口普查，全县常住人口 16.73 万人，较第六次人口普查 192957 人减少了 25648 人，年平均增长率为 –1.42%。农作物主要有 25 科 68 种，经济作物主要有中药材、蚕豆、草畜、沙棘、果菜、食用菌等，特别是韭菜、黄瓜等精细蔬菜品质极佳，饮誉陇上，2005 年被中国绿色食品发展中心认定为绿色食品 A 级产品，2008 年通过省级无公害蔬菜产地认定，被中国特产之乡评定委员会评定为"中国蚕豆之乡""中国沙棘之乡""中国绿色名县"等荣誉称号，漳县紫斑牡丹通过国家农产品地理标志认定。

今年以来，在党中央和省市党委、政府的坚强领导下，漳县坚持以习近平新时代中国特色社会主义思想为指导，全面贯彻党的二十大精神，认真落实习近平总书记对甘肃重要讲话和指示精神，增强"四个意识"、坚定"四个自信"、做到"两个维护"，统筹推进"五位一体"总体布局，协调推进"四个全面"战略布局，坚持稳中求进工作总基调，立足新发展阶段，贯彻新发展理念，融入新发展格局，按照"保护开发两山一井一河，推动经济翻番升位提质"的总体思路和发展定位，更加注重固强补弱，更加注重生态优先，更加注重项目支撑，更加注重民生改善，更加注重系统治理，加快推动经济高质量健康发展，努力保持社会大局和谐稳定。

二、司法审判助力乡村振兴的举措

"贫困之冰，非一日之寒；破冰之功，非一春之暖"。大力发展乡村振兴战略，"持胜之道"就在一个"持"字。与打赢脱贫攻坚战一样，同样要拿出踏石留印、抓铁有痕的劲头，发扬钉钉子精神，锲而不舍、驰而不息抓下去。近年来，漳县法院在秉持司法为民工做主线的基础上主动作为，自觉将乡村振兴战略融入全院工作，紧紧抓住一个核心、两个基本点，即执法办案为核心，审判能力、司法供给为基本点，采取切实有力举措服务做好乡村发展、乡村建设、乡村治理重点工作，为推动乡村振兴取得新进展，为农业农村现代化迈出新步伐提供有力司法服务和保障。

（一）对接立案，开启审判执行"直通车"。护航农村发展，加大涉民生案件审判执行工作力度，持续推进巩固拓展脱贫攻坚成果，依法审理涉民生领域案件，加大对农民工，灵活就业人员等权益保护力度，特别是加快推进民生领域案件执行难综合治理、源头治理，坚持优先立案、优先执行、优先发放执行款。持续推进农村地区扫黑除恶斗争常态化，严厉打击利用宗教、家族势力等干扰、操纵、破坏选举违法违纪行为。积极防范家族亲族势力、黑恶势力对农村基层政权的侵蚀，确保农村稳定安宁。运用审判执行"利剑"保障涉农案件公平公正，高度重视工资报酬、劳动争议等涉民生类案件的执行，畅通民生案件"绿色通道"，上半年执结相关案件132件，涉案金额412.62万元，执行到位203.25万元，确保了涉民生案件债权人胜诉权宜得到及时兑现，切实防止因案致贫返贫等现象发生。做好扫黑除恶专项斗争，严加惩治"村霸"、宗族恶势力等犯罪主体，审结涉农民农村的盗窃罪、赌博罪等各类案件两件5人，保护农村社会环境平安和谐。

（二）全程调解，做好矛盾纠纷"过滤器"。漳县法院主动加强与县、乡镇党委政府、综治中心、司法所、派出所的协作配合，积极融入党委领导的基层治理新体系，在县综治中心设立民商事立案窗口，协同带动推进诉调对接，在尖子村建立法治文化广场，设立驻村帮扶队民事纠纷调解室，积极发挥驻村工作队直接联系群众、熟悉社情民意的优势，借助基层资源，充分依托网格化管理优势，及时掌握分析研判矛盾纠纷态势，为党委政府科学决策提供参考，及时通报"三农"领域中的矛盾。加大矛盾纠纷调处摸排，最大限度地发挥调解在有效化解矛盾纠纷、促进社会和谐中的优势，服务保障乡村振兴战略。为进一步扩大平台优势，由专业的退额法官、乡村的乡贤士绅、当地的司法行政服务人员等专门负责诉调对接等相关工作，充分学习借鉴"枫桥经验"，将矛盾纠纷化解在源头，协同推进乡村治理的发展，有力推动县乡矛盾纠纷排查化解工作的开展。2022 年至 2023 年 5 月，"驻村帮扶工作队民事纠纷调解室"借助基层资源，积极延伸司法服务乡村职能，参与、调处矛盾 90 余起，为偏远乡镇的当事人提供了极大便利，体现了诉讼"最后一公里"的时效。

（三）普法宣传，打造温情服务"解忧站"。加大法制宣传力度，运用党员志愿服务、二十大精神宣讲、送法进校园等活动为抓手，定期到乡村开展法律宣传和咨询 5 次，特别是在乡村赶集日等节点节日，走村入巷宣传党的方针政策、法律法规。积极利用互联网、新媒体、抖音、微信公众号等新兴宣传平台，不断拓宽法院与人民群众之间交流的渠道。利用网络平台发布审判动态、诉讼费交纳和减免、司法救助指南、失信人员公布、悬赏公告等，以公开促公正，维护司法权威、提高司法公信力，同时让人民群众也能简便地参与司法活动，让人民群众对公正司法更加认可。强化和完善与其他纠纷调处资源的合作共治，与乡镇综治中心对接，特邀调解员参与调解，提高了基层预防化解矛盾纠纷和治安防控的整体能力，方便群众办事，促进各项综治措施的进一步落实。

（四）积极创新，创建特色鲜明"招牌菜"。漳县法院助力文旅产业发展，创新发展"枫桥经验"，与公航旅协调在贵清山、遮阳山等旅游景区成立旅游巡回法庭，这是漳县法院创新司法为民机制，主动对接县域旅游产业转型升级、服务"全域旅游"和乡村振兴的担当之举，是深入推进"我为群众办实事"实践活动，把实事办好、好事办实的重要载体，也是漳县法院服从服务全县工作大局，全面推动漳县加快推进创建省级全域旅游示范区工作的一次积极探索。充分发挥信息化作用，利用云上法庭解决纠纷，助力产业发展，实现群众增收，做到旅游巡回审判服务点在 4A 级景区全覆盖。巡回法庭成立以来，运用小额诉讼或简易程序为 36 件旅游纠纷案件设立绿色通道，依法实现速裁快审、即时履行，主动打通司法为民最后一公里，零距离化解矛盾纠纷，引导游客文明旅游、依法维权，引导商业经营者诚信经营、守法经营，以司法护航全域旅游发展。落实法官定期巡访制度和节假日旅游高峰驻点志愿服务，印发普法宣传手册和立案流程等宣传册，深度参与旅游景区的社会综治和普法宣传，深刻构建诚信守法的旅游氛围和形象。通过为全域旅游建设提供司法服务，进一步促进和保障当地乡村经济、社会发展。

（五）党建＋民生，提供乡村振兴"新引擎"　漳县法院紧紧围绕乡村振兴工作大局，多次与帮扶村党支部开展支部共建活动。一是重温入党誓词。党员们一起重温入党誓词、诵读党章，共同学习习近平法治思想、党的二十大精神等内容，并坚持把学习好、宣传好、贯彻好学习内容和乡村振兴工作实际结合起来，确保内化于心、外化于行。二是精准帮扶助春耕。漳县法院始终贯彻落实各项便民利民举措，坚持实事求是、因地制宜的帮扶宗旨。组织党员干警深入帮扶村，捐赠两吨农耕化肥，助力春耕生产，引导村民优化种植结构，一如既往为帮扶村出谋划策，千方百计为农户排忧解难，确保春耕生产顺利开展，进一步保障国家粮食安全。三是开展助学慰问活动。在帮扶村教学点开展"关爱儿童成长 助力乡村振兴"助学慰问活动，向在校学生捐赠学习用品，激励他们学习成才。四是开展帮扶关爱活动。参与县政协牵头组织举办的"喜迎二十大 助力乡村振兴"帮扶关爱活动，捐助两万元用于帮助老弱病残、鳏寡孤独等困难群众，倾听他们的心声，并送上慰问品，使他们生活上得到帮扶、精神上得到激励；五是加大与村委的协调配合。为驻点帮扶村捐赠高性能办公电脑两台，协助村级信息化建设提升，并积极协助做好人居环境整治、矛盾纠纷化解等工作，有力助推乡村振兴。六是建立"法治文化广场"。捐赠价值13万元的电子宣传屏，融法制宣传、法治教育和休闲健身等功能为一体，增强广大村民的法律素养和法治意识，实现普法教育长效化。

（六）共享共治，做司法保障的"先行者"。"共享法庭"是为了打破社会治理当前面临的时空限制及"操作难"等现实困局，由县委政法委的牵头领导，县法院搭建，联合县司法局、县综治中心、各乡镇及各行业调解组织进行工作联动，从而构建融合治理工作格局，提升矛盾纠纷化解率的一项举措。坚持以习近平新时代中国特色社会主义思想为指导，创新发展新时代"枫桥经验"，更加注重系统观念、法治思维、强基导向，依托信息化建设成果，充分发挥人民法庭、诉调中心、调解委员会等作用，全面开展"共享法庭"建设，打造一站式多元解纷、一站式基层治理的最小支点，以一体化、均衡化、便捷化的诉讼服务助力构建"四治融合"（自治、法治、德治、智治）城乡基层治理体系，为漳县推进高质量发展建设提供有力法治保障。推动"共享法庭"前置，利用现代科技手段，让"共享法庭"打破时空限制，向基层行业部门推送矛盾纠纷信息，将司法服务的载体和触角延伸到村社最基层，形成涵盖镇街、村社、网格、行业协会的城乡司法服务新布局，让"共享法庭"触达社会治理末梢，将矛盾纠纷化解在源头，做到小事不出村、大事不出乡、矛盾不上交。

三、司法审判助力乡村振兴的现实困境

金钟镇尖子村由于受地理条件、人文环境等主客观因素影响，贫困人口分布广、贫困程度深、脱贫难度大、自然基础条件差，农民专业合作组织规模小、带动力量薄弱，村级集体不发达，贫困户接受新事物意识低、增收渠道单一，养殖业以小规模的分散养殖为主，以种植传统低产农作物为主，农

业收入不高，加之外出务工增加收入，导致贫困发生率高。

（一）司法服务与民众基本的法律需求不适应。随着经济社会的不断发展，人民群众的法治意识和维权意识不断地提高，对人民法院司法服务的需求也随之日益增长。以漳县为例，总面积 2164.4 平方公里，常住人口却只有16.73 万人，人口分布相对来说较为零散，且有相当一部分的人口分布于较为偏远的山区，司法服务虽然也已逐步向乡村渗透，但服务人民群众的最后一公里仍然不够通畅，服务模式也较为落后单一，司法服务与人民群众的基本法律需求存在一定的差距。

（二）司法审判助力乡村振兴的影响不够广泛。由于司法审判助力乡村振兴尚属新生事物，还没有深入渗透到人民群众的日常生产生活之中，认识也不够深刻。新闻媒体虽然对司法审判助力乡村振兴有所报道，但也没有形成足够的宣传阵地，不足以让人民群众对其能够耳熟能详。在这一过程中，司法调解工作虽然也得到了某种程度的发展，但在专业性、行业性等领域尚未实现全覆盖。从整体上来看，由于缺乏长远规划，没有及时对司法审判助力乡村振兴中好的做法、好的经验进行总结和推广，没有集中打造具有鲜明特色的司法服务品牌，限制了司法审判在乡村社会影响力的扩大。

（三）案件审判与乡村治理的相对失衡。以漳县为例，因环山绕林的地理环境特点，部分山区的交通较为不便。在司法审判助力乡村振兴的过程中，这种地理空间上的不方便在某种程度上影响了人民法院参与乡村治理的效果。随着法治国家、法治政府的建设推进，法制宣传的逐步深入，法治化意识逐渐强化，一改以往大事化小、小事化了的避免麻烦的心态，导致法院涉农案件数量急剧上升。特别是实行立案登记制以来，人民法院受理的案件数量激增，如何在案件审判中兼顾乡村治理，是人民法院亟须思考的难题。

（四）联动协同与保障机制不足。司法审判助力乡村振兴是一项需要人力、物力、财力以及专业知识等各方综合协调的系统工程。从服务平台的协同联动看，司法审判助力乡村振兴对实体平台有较大的需求，同时还需要以一定的硬件设施作为支撑。但是现阶段实体平台、网络平台还不能做到完全的对接互通，线上与线下的联动协调机制还不够完善。从保障机制看，人民法院在整合与牵头专业人员、法律志愿者、调解员等方面比较无力，同时在简化司法审判流程中，智慧法院方面的建设进展缓慢。

（五）懂农业爱乡土的人才缺乏。人才是当前推进乡村振兴的基础性和保障性力量。在实践中，群众思想观念落后，等、靠、要现象依然存在，自身发展动力不足；当地群众主要靠劳务输出打临工和体力劳动为主，收入水平较低；群众文化程度普遍较低，缺乏科技知识及专业技能；农民合作组织发展滞后，村集体经济薄弱，带贫能力明显不足。知识和高素质人才缺失明显，高素质的法律人才更愿意在较为发达的城市工作，导致乡村法律人才极度缺失，人民群众日益增长的法律服务需求和供给不平衡不充分的发展矛盾日益凸显。

四、司法审判助力乡村振兴的完善路径

（一）保障党的"三农"政策落地落实。要深入学习贯彻党的二十大精神及习近平总书记在中央农村工作会议上的重要讲话精神，贯彻落实中央农村工作会议精神，增强"四个意识"、坚定"四个自信"、做到"两个维护"，深入学习领会"两个确立"决策性意义，坚持加强党对"三农"工作的全面领导，有效发挥审判职能作用，切实保障党中央和各级党委关于"三农"工作决策部署落地生根。要站在维护国家粮食安全高度，依法妥善审理耕地保护纠纷案件，贯彻落实永久基本农田特殊保护制度，加大违法占用耕地案件审判执行力度，坚决严守18亿亩耕地红线。要找准农业新业态发展中的法律需求，及时通过司法建议、巡回审判、法律指导等方式规范土地流转，增强农民和新型农业经营主体依法经营和防范化解风险的能力，为农业新经营模式和新业态培育提供法律支持，助推农村一二三产业融合发展。

（二）妥善保护农民合法主体地位。要切实以农民为中心，牢牢守护广大农民合法权益。一是严格落实各项惠农富农政策，依法惩处截留、挤占农业补贴犯罪行为，切实保障农业补贴真正惠及农民，确保农业支持政策落到实处，不断提升农民群众幸福感；二是加大欠薪案件的审执力度，提高根治

拖欠农民工工资工作质效，加大对劳动密集型加工制造等行业农民工权益保护力度，保持治理欠薪高压态势，依法公正审理拒不支付劳动报酬刑事犯罪案件，切实保障农民工合法权益；三是依法保护进城农户的土地承包经营权、宅基地使用权、集体收益分配权；四是加大对追索劳动报酬、赡养费、扶养费、抚育费、抚恤金、医疗费用、交通事故人身损害赔偿、工伤保险待遇等案件审执力度，切实维护农民生存生活基本权益，对于被执行人确无履行能力、申请执行人面临生存生活困难的执行案件，充分利用司法救助资金，及时对符合救助条件的申请执行人进行司法救助，切实保障农民基本生活。

（三）坚持法治与德治自治相结合。在家事纠纷审理中，注重发挥典型案例指引作用，弘扬家庭美德。特别是依法审理高价彩礼纠纷案件，引导广大农民群众树立正确的婚姻观念，摈弃彩礼攀比之风，让婚俗回归本心，让婚姻回归本质。坚持寓德治于法治，用法治促德治，加大对诚实信用、见义勇为、互帮互助等典型案例的宣传，着力培育和弘扬社会主义核心价值观，以法治强秩序、德治扬正气、自治增活力，为乡村振兴提供强大的价值引领力、文化凝聚力和精神推动力。

（四）建立纠纷化解的整体协作机制。司法审判助力乡村振兴的重要一环就是建立健全纠纷化解的整体协作机制，即统筹协调纠纷的事前、事中、事后等各个环节。一是人民法院与乡村村民委员会等相关组织建立联系、加强沟通，从乡村行政管理层面和源头上治理矛盾纠纷，联合建立人民群众矛盾纠纷事前预防机制。二是充分学习借鉴"枫桥经验"，继承并发扬"小事不出村，大事不出镇，矛盾不上交"的工作方法。强化与乡村调解、乡村仲裁的协调对接，建立健全"一站式服务"平台、"诉调对接"平台，充分发挥乡村调解员职能。三是是突出乡村地域特色、环境特色、文化特色产业特色，构建人民法院与乡村整体协作机制，形成多元化、多层次、多维度治理局面，切实保障乡村有效治理。

（五）着力培育乡村法律服务型人才。要把对人力资源的培育摆放在重要位置，着力于以人才振兴带动乡村振兴，注重从本土乡贤能人、外出务工人员、高层次返乡大学生、村民合作机构组织带头人中选拔和培育法律服务型人才。搭建法律人才交流平台，为各类法律服务人才提供相互交流的场合，定期邀请教师、律师、法官等为法律服务人才授课培训，激发人才活力。着眼人才素质水平，不仅需要拥有过硬的法律专业素质，还需要熟悉乡土人情，更重要的善于与群众打交道。定期或不定期地开展矛盾化解交流会以及矛盾化解的实务培训，不断提高法律服务人才的服务水平。

结束语

乡村振兴，治理有效是基础。乡村是中国的根脉，是国家大厦的根基。加强司法审判与乡村振兴的有效融合，设立"人大代表调解室"，"服务乡村振兴实践基地"，一个人民法庭打造一块特色品牌，一个村庄设立一个法官服务站，创建"互联网＋社区"一站式诉讼服务站，打造网格化服务团队……一系列创新与探索，百花齐放，百家争鸣，坚持和发展"枫桥经验"，弘扬"马锡五审判方式"新时代价值，融入基层社会治理，推动健全自治、法治、德治相结合的乡村治理体系，是基层司法服务全面推进乡村振兴、服务基层社会治理的美丽风景。

人民法院在乡村振兴战略中需要定位明确，积极作为，充分发挥人民法院的职能，从多元化解矛盾纠纷新平台到诉调对接机制的建立，从简案快审、繁案精审到依法合理解决各类纠纷，从而为乡村振兴战略提供有力的司法保障。通过促进乡村振兴战略的稳步推进，发挥各乡村的地理优势、法治优势、传统优势等，确保农村经济快速稳定发展。

司法为民是人民法院工作的重点，积极主动为乡村振兴战略发挥人民法院应有的作用，是人民法院应有之义。人民法院在确保公正司法的前提下，要找准自身在全面实施乡村振兴战略大环境下的定位，要找准自身在参与乡村治理中的定位，要找准案件审判和乡村振兴的平衡点，充分发挥司法审判在乡村振兴战略中的作用。因此，充分发挥人民法院审判职能作用，立足乡村发展实际，找好自身定位，为推动乡村振兴取得新进展，农业农村现代化迈出新步伐提供有力司法服务和保障。

王续霞

　　1994 年生人，甘肃漳县人，漳县人民法院三级法官。

赵建中

　　1967 年生人，甘肃漳县人，漳县人民法院审判委员会委员、四级高级法官。

论出台我国《个人破产法》的必要性

——从推进"执转破"工作方面探讨

王续霞　赵建中

【摘要】长期以来，我国关于破产的立法只有一部《企业破产法》，该法的适用主体只有企业，这不仅导致市场主体在遭遇失败时不能被公平地对待，也导致司法实践中大量无财产可供执行案件的堆积，严重影响执行案件移送破产审查（以下简称"执转破"）工作的开展。我国《个人破产法》的出台，有利于我国破产法体系的完善，有利于给善良且不幸的债务人一个"东山再起"的机会，也有利于债权人更加平等、高效地维护其合法权益，亦有利于大量无财产可供执行案件退出执行程序。深圳市第六届人民代表大会常务委员会第 44 次会议于 2020 年 8 月 26 日通过了《深圳经济特区个人破产条例》，这标志着个人破产制度在深圳正式"破冰"，深圳个人破产条例的实施能为国家立法积累宝贵的先行先试经验，但也有不足之处，如规定个人破产案件以中级人民法院管辖为原则，以基层法院管辖为例外；如没有规定法庭外债务清理程序；不过我们可以通过深圳个人破产条例的具体实践，发现不足、弥补不足，进一步完善个人破产制度设计，推动国家立法早日诞生。

【关键词】执转破　个人破产法

一、我国关于"执转破"的立法现状

"执转破"工作是执行工作中重要的一环，"执转破"工作的开展情况直接影响"执行难"问题的解决。《最高人民法院关于适用〈中华人民共和国民事诉讼法〉的解释》（以下简称《民诉法司法解释》）第 513 条至第 516 条对"执转破"程序的启动做出了规定，人民法院在执行案件时若发现作为被执行人的企业不能清偿到期债务，并且资产不足以清偿全部债务或者明显缺乏清偿能力，经申请人之一或者被执行人同意，中止执行程序，将案件材料移送被执行人住所地法院进行破产审查。由于我国只有《企业破产法》，因此只有当被执行人是企业时，才能进行"执转破"程序的启动。2017 年 2 月，最高人民法院出台《关于执行案件移送破产审查若干问题的指导意见》（以下简称《指导意见》），完善了"执转破"的适用条件、管辖、移送接收等程序性规定。2018 年 3 月 4 日，最高人民法院印发了《全国法院破产审判工作会议纪要》，对破产审判工作提出了相关要求和建议。我国最高人民法院对"执转破"工作的推进做出了巨大努力，从程序的启动条件，到启动后相关程序，再到破产案件的审理，都做了具体详尽的规定，然而由于我国《个人破产法》的缺位，导致司法实践中法院只能依据《民诉法司法解释》第 508 条至第 512 条的规定，当自然人及其他组织资不抵债时，债权人只能通过参与分配的方式维护自己的合法债权利益。与破产程序不同，参与分配的结局是被执行人需要继续清偿剩余债务，破产的相关有益效果并不能通过参与分配实现。我国《个人破产法》的缺位，还导致了"执转破"程序的启动范围过窄，让最高人民法院在"执转破"工作中的努力大打折扣。

二、我国"执转破"工作的开展情况

"执转破"程序启动率低。根据《民诉法司法解释》的规定，申请执行的债权人和债务人都有权利同意启动"执转破"程序，《指导意见》第二条也规定，"执转破"应经过被执行人或至少一个申请执行人书面明确表示同意。申请人基于经济考虑不会启动"执转破"程序，由于启动"执转破"程序后的举证责任由申请者承担，这从制度上加重了申请执行人的权利救济成本。此外进入破产程序后，将会有更多的债权人加入到财产分配程序中，这就让很多已有执行依据且进入执行程序的申请人不愿意主动去同意启动破产程序。而对于作为被执行人的企业来说，破产程序的启动意味着企业可能将要退出市场，虽然破产可以帮其更好地偿还债务，但其主要目的是为了更大程度保护债权人的利益，进入破产程序意味着将会有比执行程序中更多的债权人参与到其财产分配当中，企业一旦破产，将失去市场主体资格，这是很多企业不愿意看到的，因此很多企业倾向于跟债权人打长久战而不同意启动破产程序。除申请执行人与企业被执行人启动破产程序的愿望低，很多基层政府也不愿意看着企业破产，对于一些欠发达地区，辖区内就两三家企业，这两三家企业吸收了该辖区内大部分劳动力，也是政府税收的主要来源，当这样的企业资不抵债时，政府会出于社会利益的考虑，想办法防止企业破产。

执行中普遍用参与分配代替破产分配。由于我国《个人破产法》这一实体法的缺位，我国《民诉法司法解释》只针对企业被执行人在执行程序中发现资不抵债时进入破产审查的规定，对公民或者其他组织资不抵债的情况，《民诉法司法解释》只规定了参与分配制度。我国作为市场经济大国，市场经济的参与者更多的是公民或其他组织，执行案件中也是自然人更多，因此参与分配的适用率会比"执转破"程序的适用更频繁。

地区之间差异大。在中国裁判文书网上以关键词"执行移送破产审查"进行数据检索，访问时间为 2020 年 12 月 27 日，数据情况为：2018 年全国涉及"执行移送破产审查"的上网文书共计 144 份，数量前三的省份分别是广东 38 份、江苏 32 份、重庆 20 份，三省份数量之和占全国总数量和的 62.5%；2019 年全国涉及"执行移送破产审查"的上网文书共计 82 份，数量前三的省份分别是山东 16 份、重庆 14 份、浙江 12 份，三省份数量之和占全国总数量和的 51.2%；2020 年全国涉及"执行移送破产审查"的上网文书有 61 份，数量前三的省份分别是浙江 16 份、江苏 10 份、安徽 7 份，三省份数量之和占全国数量总和的 54%；通过上述数据可以看出，"执转破"案件的数量与地区经济发展情况有紧密的关系，经济越发达的地区，执转破案件相对就越多，出现这一现象主要是因为一个地区经济的发展很大程度上依靠的是该地区企业的发展，企业发展越好，企业数量越多经济也就越发达，从而执转破案件也就越多。市场经济的参与主体并不全是企业，更多的市场参与者是除企业之外的其他市场主体，与经济发展较落后的地区相比，经济发展较好的地区，企业在市场经济参与中占比会更高一些，而我国只有《企业破产法》，因此经济发展较好地区的"执转破"工作推进效果会格外明显。

三、个人破产制度的缺失对执行工作的影响

大量无财产可供执行的案件只能以终结本次执行程序（以下简称终本）的方式结案。随着市场经济的发展，自然人参与市场经济的现象越来越普遍，进入市场的每个人都会跟市场紧密联系在一起，市场经济有很多机遇，同样也存在较大风险，近些年受经济下行压力的影响，法院里执行案件数量攀升。当作为被执行人的企业资不抵债时，执行程序可以转入破产审查程序，执行程序可以中止，等破产案件结束后，执行案件可以终结执行，在破产案件中债权人能够参与到破产分配程序，被执行人也可以通过破产安全退出市场，对于企业的经营者来说，因其只在出资内承担连带偿还责任，企业的破产对经营者的影响相对较小。企业破产程序的存在，不仅可以让申报债权的债权人在企业破产时受到相对公平的债权偿还，企业也可以安全退出市场，让企业经营者承担较小的风险。由于我国没有个人破产制度，很多自然人被执行人在执行程序中，资不抵债且债权人较多时，债权人可以申请财产分配，等

财产分配完毕后，法院再未查到被执行人有可供执行的财产，申请执行人也未提供可供执行的财产线索时，法院就只能以终本方式结案，结案后法院发现或者债权人发现债务人有可供执行的财产时法院可以依职权或者依申请恢复执行。这种结案方式不仅给法院执行工作带来了巨大的挑战，也让自然人永无翻身之日，只能终身活在偿还债务的巨大压力之下，同为市场经济的参与者，这对自然人及其他组织很不公平。

当事人双方达成和解执行协议履行时间过长。很多自然人及其他组织背负债务的主要原因是投资失败，他们中大多数是善良且不幸的债务人，当被强制执行时他们更愿意与申请执行人协商偿还债务，但债务过多时就会出现债权人排队轮候等待执行债务人收入的情况，有些债务人后半辈子的收入可能都因提前与债权人达成和解执行协议而预支。由于我国没有个人破产制度，这就导致债权人不惜长时间等待，也不愿意免除债务人一分钱的债务，债权人会认为只要债务人还活着，他就得履行还款义务。这就导致债务人再无东山再起的可能，债务人会被长年压在债务之下艰难生存。由于双方当事人达成协议后更愿意通过法院履行协议，这也导致一个执行案件从立案到最终退出执行程序会有非常漫长的时间，在这段时间内，法院工作人员都得参与执行协议的履行，这无形中加大了执行工作量。

逃避执行的现象频发。在司法实践中经常有这样一种现象，当被执行人在法院有一两个案子时，他们会积极应诉，积极配合法院的执行，而随着其当被告的案子增多，法院工作人员和他取得联系都困难，大多数人会离开经常住所地外出躲债，他也会将自己的财产转移到别人名下，当案件进入执行程序后，其名下已无可供执行财产。因为个人破产制度的缺位，自然人在欠下巨额债务时，会出现两个选择：一是诚诚恳恳还债一辈子无法翻身；二是逃避执行，虽然会被终生纳入失信名单，终生被限制高消费，但总归生活还能过下去。面对这两项选择时，他们中的大部分人选择逃避执行。

债权人受偿不均。发现债务人资不抵债需要一个过程，只有法院发现被执行人有大量执行案件时，才会推断出被执行人可能资不抵债，而进入执行程序的案子总是有先有后，先进入执行程序的债权人可能会被全额执行，以执行完毕结案，后进入执行程序的债权人可能只能被部分履行或者不履行，这就导致因进入执行程序时间节点的不同而不平等地受偿，这对后进入执行程序的申请执行人是很不公平的，若自然人、债务人也能进入破产程序，那么就能很好地解决债权人受偿不均的问题。

难以区分善良债务人和恶意债务人。对于有大额债务的被执行人，他们有的积极配合执行工作，对法院的传唤准时到庭，但他们的答复是"我没钱"。法院工作人员查询他的财产情况结果也是毫无可供执行财产，但法院工作人员很难判断其有没有转移财产，是不是在故意逃避执行，因此只能采取强制措施来督促他申报财产，此外法院总对总查控系统也只能查询被执行人名下的财产，无法对其近亲属进行查控，若要进行调查，也只能在其近亲属开户银行及财产登记所在地进行线下查询，我国幅员辽阔，这几乎是不可能完成的工作。因此对于法院来说判断这类被执行人是否是善良的债务人有很大困难，除非被执行人用自己的行为明示或默示。还有一部分被执行人会消失不见下落不明，其名下也无任何财产，这种被执行人用自己的行为明示他就是恶意债务人。对于这两种被执行人法院都会对其限制高消费，都会对其纳入失信被执行人名单，区别也就是前者被限制或纳入的期限较短而后者更长。个人破产制度中的申报财产制度可以更好地识别善良的债务人，许可其破产，让其有重新来过的机会。

四、《深圳经济特区个人破产条例》确立的主要制度及意义

自由财产制度。个人破产与企业破产的一项重大区别，就是企业在破产清算程序终结后将会被注销，而个人在破产清算程序终结后仍会继续存在。为了维持个人在破产程序终结后的生存，就需要在破产程序中为债务人保留必要的自由财产，建立合理的自由财产制度。自由财产制度要解决的是为债务人及由其抚（扶）养家庭成员的基本生活提供必要的金钱与财产保障，为其继续工作提供合理的条件，以及为其重新创业提供无生存负担的环境，但

不是为其保留或提供用于经营活动的、超出工作保障条件的财产与资金资源。《深圳经济特区个人破产条例》第三章第二节第 36 条规定了债务人豁免财产，用来保障债务人及其所抚（扶）养人的基本生活及权利。

破产无效行为制度和撤销权制度。破产无效行为制度是指债务人在破产宣告前的临界期内所为有害债权人一般利益的行为，依破产法的特别规定而构成无效的制度。撤销权制度，是指债务人在破产宣告前的临界期内，实施有害债权人团体利益的行为，破产管理人可以请求法院予以撤销的制度。对于为逃避债务而隐匿、转移、不当处分财产和财产权益的，虚构债务或者承认不真实债务的，应宣告其无效。而对于无偿处分财产或者财产权益、以明显不合理的条件进行交易、转让财产、为无财产担保的债务追加设立财产担保、以自有房产为他人设立居住权、提前清偿未到期的债务、无偿处分财产或者财产权益、豁免债务或者恶意延长到期债权的履行期限、为亲属和利害关系人以外的第三人提供担保的行为，因涉及损害债权人的利益，故管理人对上述行为可申请撤销。《深圳经济特区个人破产条例》第三章第三节第40—41 条对管理人的撤销权做出了规定，第43条对破产无效行为做出了规定，破产无效行为制度和撤销权制度可以有效防止债务人转移财产，损害债权人利益。

免责制度。免责制度保护的是诚实而不幸的债务人，是为使债务人及早摆脱债务困境，减轻社会负担，同时促使债务人尽早提出破产申请、减轻债权人损失，并保障债务人早日回归社会正常状态。对那些进行欺诈债权人、损害债权人利益行为或违反破产法规定义务者，是不适用免责制度的。《深圳经济特区个人破产条例》第七章第三节对免责考察作了详尽充分的规定，采取的是许可免责主义。

破产和解制度。债务人不能清偿到期债务时，为避免受破产宣告或者破产分配，经与债权人会议磋商谈判，达到相互间的谅解、一揽子解决债务危机问题以图复苏或者清理债务的制度，称为和解制度。较之破产清算制度而言，破产和解具有许多优势：程序简单、过程迅捷、耗费较少，债务人不仅可凭此免于破产，而且债权人可得到更多债权清偿，从而有利于稳定社会经济和社会生活秩序。《深圳经济特区个人破产条例》第九章对破产和解程序作了规定。

除了上述制度外，《深圳经济特区个人破产条例》还规定了债务人财产申报制度，债务人不仅得申报自己名下的财产和财产权益，还需要申报其配偶、未成年子女以及其他共同生活的近亲属名下的财产和财产权益，这就大大降低了债务人转移财产的可能性；此外还规定了管理人制度，管理人的专业性给法院破产工作的开展提供了重要依据。《深圳经济特区个人破产条例》的很多制度都是符合我国国情及市场经济发展情况的，但是将破产案件的管辖权规定在中级人民法院还是值得商榷的；此外也没有规定庭外债务清理程序。

结语

我国"执转破"工作推进缓慢，单靠执行程序中的参与分配制度以及终本结案方式已经无法解决日益增多的执行案件，而执行工作中的很多难题都可以通过《个人破产法》的出台解决，现在《深圳经济特区个人破产条例》出台已经为国家立法提供了范本，期待该条例经过具体的实践，能够不断完善，为国家《个人破产法》的诞生提供有益经验。

（本文获 2021 年度全省法院调研报告优秀奖）

参考文献：

1. 刘冰 . 论我国个人破产制度的构建 [J]. 中国法学，2019（4）232-235

2. 陈焕忠 . "执转破"常态化实施路径优化研究 [J]. 法律适用，2020（3）42

3. 田敏，宋永盼 . "执转破"案件中存在的问题及解决路径 [J]. 第十二届中部崛起法治论坛征文

4. 刘兴树，肖莎. 谈"执转破"程序启用率低的原因及解决对策 [J]. 大庆社会科学，2019，215（4）86-87

5. 王欣新. 破产法. 北京：中国人民大学出版社，2011：108

6. 王欣新. 用市场经济的理念评价和指引个人破产法立法 [J]. 法律适用，2019（11）63-65

7. 刘冰. 论我国个人破产制度的构建 [J]. 中国法学，2019（4）233-235

8. 洪玉. 略论建立我国个人破产制度的若干法律问题 [J]. 华东政法学院学报，2003（5）22-23

9. 赵万一，高达. 论我国个人破产制度的构建 [J]. 法商研究，2014（3）82-83